JN319389

私刑執行人

南　英男
Minami Hideo

文芸社文庫

目次

第一章　出張売春の罠

1

衝突音が轟《とどろ》いた。

大きな音だった。男の短い叫び声も聞こえた。店の前の路上で、誰かが車に撥《は》ねられたらしい。

唐木田俊《からきだしゅん》は急いでカウンターから出た。

プールバー『ヘミングウェイ』だ。店は、四谷三丁目の裏通りにある。

唐木田はオーナーだった。といっても、まだ三十八歳だ。

知的な顔立ちだが、全身の筋肉は鋼《はがね》のように逞《たくま》しい。身長は百八十センチ近かった。

唐木田は店から飛び出した。

外は蒸し暑かった。夜気《やき》は熱を孕《はら》んだまま、澱《よど》み果てている。梅雨《つゆ》が明けたのは、数日前だった。七月中旬の夜である。

唐木田は視線を泳がせた。

すぐ近くに、黒いスカイラインが停《と》まっていた。無灯火だった。アイドリング音は高い。

スカイラインの七、八メートル後方に男が倒れている。俯《うつぶ》せだった。

無灯火の乗用車に轢《ひ》かれたのだろう。それも、どうやら故意に撥ね飛ばされたようだ。

唐木田は怪しい車の前に立ちはだかった。

次の瞬間、急にヘッドライトが灯《とも》された。

唐木田は目が眩《くら》んだ。額に小手を翳《かざ》す。

いきなりスカイラインが急発進した。まっすぐ猛進してくる。危険だ。

唐木田は横に跳《と》んだ。店とは反対側だった。

スカイラインのライトが消された。運転者の顔は判然としなかった。不審な車は凄《すさ》まじい風圧を残し、フルスピードで遠ざかりはじめた。

唐木田は振り向いた。スカイラインのナンバープレートに目をやる。

数字は白いビニールテープで隠されていた。ほどなくスカイラインは闇《やみ》に紛《まぎ》れた。

唐木田は歯嚙《はが》みし、すぐさま倒れている男に駆け寄った。

街灯が男の顔を淡く照らしている。唐木田は声をあげそうになった。

なんと轢かれたのは、店の常連客だった。

影山宗範《かげやまむねのり》という名で、社会派ノンフィクション・ライターである。先月、満三十五歳になったばかりだ。

「おい、しっかりしろ」

唐木田は、影山の肩を揺さぶった。

影山は弱々しく唸《うな》っただけで、言葉は発しなかった。血臭が濃い。影山は、頭から血を流している。

夥《おびただ》しい量だった。傷口から、ポスターカラーのような血糊《ちのり》があふれている。右脚《みぎあし》も奇妙な形に捩《ねじ》れていた。

下手に動かさないほうがよさそうだ。

「影山ちゃん、いま、救急車を呼んでやる。もう少し頑張るんだ」

唐木田は言いおき、自分の店に駆け戻った。

まだ八時前だった。客は、ひとりもいなかった。

店内は割に広い。左側に三卓のビリヤード・テーブルが並び、右手にL字形のカウンターがある。ダイアナ・ロスのソウルフルな歌が虚《むな》しく店内を圧《あっ》していた。

唐木田はカウンターに走った。

卓上から携帯電話を摑《つか》み上げ、手早く一一九番した。電話を切ると、ふたたび表に走り出た。

野次馬が影山を遠巻きに取り囲み、何か言い交わしている。ざっと数えても、十人以上の男女が群れていた。

「ドクターか、看護師さんはいませんか?」

唐木田は大声で問いかけた。

反応はなかった。野次馬たちが互いの顔を覗《のぞ》き込み、一様《いちよう》に溜息《ためいき》をついた。

唐木田は、影山のかたわらに屈《かが》み込んだ。幾度も呼びかけたが、返事はなかった。すでに影山の意識は混濁《こんだく》しているのだろう。

「もう救急車は呼んだんでしょ?」

初老の男が訊《き》いた。

「ええ」

「轢き逃げとは悪質だな」

「どなたか、轢いた瞬間を目撃された方は?」

唐木田は、たたずむ人々の顔を見回した。野次馬は次々に首を横に振った。

「轢き逃げ事件なんだから、一一〇番したほうがいいんじゃないのかね?」

初老の男が呟《つぶや》くように言った。

「電話で状況を伝えましたんで、消防庁が警察に連絡してくれたと思います」

「それじゃ、パトカーも来るわけだ」

「来るはずです」

唐木田は断定的な口調で言った。

彼は二年前まで、東京地裁刑事部の判事だった。司法試験に合格したのは、二十三歳のときである。司法研修中に大学の恩師の勧めで、裁判官の道を選んだ。

検事や弁護士と違って、判事の仕事は地味だ。しかし、唐木田の前途《ぜんと》は明るかった。順調にルーチン・ワークをこなしていれば、三十代前半には簡易裁判所で裁判長を務めていたはずだ。

だが、唐木田は最初の赴任先である名古屋地裁で早くも法の無力さに絶望してしまった。

本来、法律は万人に公平であるべきだ。しかし、現実には警察も検察もフェアではなかった。

政府筋や外部の圧力に屈《くつ》するケースが少なくない。権力と繋《つな》がりのある被疑者に対する取り調べや求刑は、おおむね緩《ゆる》い。一般庶民の犯罪は手加減されることはなかった。

アウトローたちが刑法に触《ふ》れれば、容赦ない扱いを受ける。外国人たちの犯罪にも手厳しい。また、警察と検察の馴《な》れ合いもいっこうに改まっていないようだ。検察と裁判所も出来レースを繰り返している。

日本の刑事事件の有罪率は、九十九・九パーセントを超えている。これほど高い有罪率は世界に例を見ない。ある意味では、怕《こわ》い数字だ。

日本の検察は、起訴した以上は勝たなければならないという気負《きお》いが強い。犯罪を憎むという大義名分よりも、自分たちの面子《メンツ》に拘《こだわ》っている面がある。それは、不遜《ふそん》な思い上がりなのではないか。

政府を後ろ楯《だて》にしている検察は、強大なパワーを持っている。裁判官たちはそのことに気圧《けお》され、ともすれば検察の主張を鵜呑《うの》みにする傾向がある。少なくとも、裁判所は検察との摩擦《まさつ》は好まない。

検察に控訴されて、判決が修正された場合、担当判事は大きな失点を負わされる。法の番人といえども、それぞれ出世欲はある。

唐木田は上司や検察側の顔色をうかがう同僚裁判官を厭《いや》というほど見てきた。各地の地裁を転々としながら、彼は刑事裁判の主導権を検察が握っていることを思い知らされた。

東京地裁に転属になったとき、意識革命の必要を強く感じた。

唐木田は三年前、ある殺人事件の判決を巡って裁判長と意見がぶつかった。殺人罪で起訴された食堂経営者はサラ金業者の悪辣《あくらつ》な取り立てに腹を立て、肉切り庖丁《ぼうちょう》で集金係の男の心臓をひと突きにしてしまったのである。

被告人は犯行直前に集金係にさんざん殴打された上に、女子大生の娘をソープランドに売り飛ばすと脅されていた。単なる脅迫ではないと思われた。サラ金会社社長の実弟が関西でソープランドを経営していたからだ。

唐木田は被告人に情状酌量《しゃくりょう》の余地があると判断し、懲役五年の実刑判決が妥当だと主張した。しかし、裁判長と同輩判事たちは検察に控訴されることを恐れ、揃《そろ》って懲役七年の判決を下《くだ》した。

その出来事があって間もなく、新妻が交通事故死してしまった。唐木田は判事をつづけていく気力を失い、およそ半年後に東京地裁を辞めたのだ。

誰にも慰留《いりゅう》されなかった。もともと唐木田は異分子だったのだろう。

数カ月、無為徒食《むいとしょく》の日々を送った。その気になれば、すぐにも弁護士にはなれる。しかし、もはや法曹界《ほうそうかい》で働く気はなかった。

世の中には、法網《ほうもう》を巧《たく》みに潜《くぐ》り抜けている大悪党がたくさんいる。

そうした現実から目を逸《そ》らして、粗暴な犯罪者や色欲に惑《まど》わされた小悪党ばかり裁いても虚しいだけだ。一日も早く断罪しなければならないのは、権力や財力を握った仮面紳士たちだろう。

だが、彼らを法廷で裁くことは難しい。そこで、唐木田は非合法な手段で救いようのない極悪人どもに鉄槌《てっつい》を下《くだ》す気になった。知人から多くの情報を集め、慎重に三人の仲間を選び、私刑執行軍団を結成した。一年八カ月前のことだ。組織名は特にない。

リーダーの唐木田は、さっそく潰《つぶ》れたプールバーの権利を居抜《いぬ》きで買い取った。酒場のマスターは、世間の目を欺《あざむ》くための表稼業に過ぎない。

唐木田は『ヘミングウェイ』をアジトにしながら、これまでに仲間たちと四人の巨悪を密《ひそ》かに葬《ほうむ》ってきた。処刑した悪人たちの死体は、未《いま》だに発見されていない。

抹殺した男たちから脅し取った金の大半は組織の活動資金として、香港の銀行にプールしてある。その額は八十億円を超えていた。

唐木田は、二人のメンバーに毎月二百五十万円ずつ給料を払っている。自分も同額の報酬を得ていた。しかし、現職刑事の仲間だけは頑《かたく》なに謝礼を受け取ろうとしない。

救急車が到着した。

二人の救急隊員が降りてきた。唐木田は経緯《いきさつ》を手短に話した。影山はすぐに担架《たんか》に乗せられ、救急車の中に運び入れられた。

「付き添っていただけますね？」

救急隊員のひとりが唐木田に声をかけてきた。

唐木田はうなずき、慌《あわ》ただしく救急車に乗り込んだ。救急隊員たちが冷静に影山の心拍数や血圧を測《はか》りはじめた。

救急車は、近くにある大学病院に向かった。

四分ほどで、病院に着いた。影山は一階の奥にある集中治療室《ＩＣＵ》に搬入《はんにゅう》された。

「追っつけ警察の人が病院に現われるはずですので、事情聴取に協力してあげてください ね」

年嵩《としかさ》の救急隊員が唐木田にそう言い、若い同僚を目顔で促《うなが》した。二人は大股《おおまた》で救急車に戻った。

唐木田は集中治療室のランプを見上げた。赤く灯《とも》っていた。ただちに開頭手術が施《ほどこ》されるのだろう。集中治療室は二重扉になっていた。磨《す》りガラス越しに動く人影が見えるだけで、内部の様子はよくわからない。

唐木田は黒いボウタイを外し、廊下のベンチに腰かけた。ラークマイルドに火を点ける。

影山は、『ヘミングウェイ』の開店初日の口開けの客だった。変わった店名に惹《ひ》かれ、店を覗《のぞ》いてみる気になったらしい。

影山は戸迷い気味にカウンターの端に坐り、照れた顔でダイキリを注文した。ヘミングウェイが愛飲していたカクテルだ。

唐木田は、見よう見真似《みまね》で覚えたカクテルをこしらえた。影山は、店名の由来を遠慮がちに訊いた。唐木田はヘミングウェイの小説の愛読者であることを明かした。影山もヘミングウェイのファンだった。

なんとなく話が弾んだ。その後、影山は週に二、三回、店に顔を見せるようになった。たいてい独《ひと》りだったが、ごくたまに親しい編集者を伴ってくる夜もあった。唐木田は、客の私生活にはまるで興味がなかった。常連客の影山のことも深く知っているわけではない。

彼は四年前に大手出版社を辞め、すぐにフリーのノンフィクション・ライターになった。十数冊の著書を上梓《じょうし》し、月刊総合誌にちょくちょく署名原稿を寄せている。まだ独身で、高円寺《こうえんじ》の賃貸マンションを自宅にしているはずだ。郷里は確か金沢だった。

その程度のことしか知らなかった。

しかし、唐木田は気骨のある生き方をしている影山には好感を抱いていた。影山は現代社会の暗部を鋭く抉《えぐ》るような重いテーマばかりを選び、地道な取材活動をしていた。経済的には、あまり報《むく》われていなかったのではないか。

それでも、自ら選び取った道を突き進む。そんな無器用な生き方やチャレンジ精神が何か清々《すがすが》しく映った。

唐木田は影山が一命を取り留《と》めることを祈りつつ、たてつづけに煙草を三本喫《す》った。三本目のラークマイルドの火を揉《も》み消したとき、二人の中年男が近寄ってきた。どちらも目つきが鋭い。

男たちは四谷署の刑事だった。唐木田は事情聴取に応じた。といっても、たいした情報は与えられなかったようだ。二人の刑事は十分ほどで引き揚げていった。


唐木田はベンチに腰かけ、腕を組んだ。

集中治療室のランプが消えたのは、数十分後だった。手術がこんなに早く終わるわけがない。不吉な予感が胸中をよぎった。

唐木田はベンチから立ち上がった。

ちょうどそのとき、集中治療室のドアが開いた。姿を見せたのは、緑色の手術着をまとった五十年配の男だった。

「執刀医の小板橋《こいたばし》です。付き添いの方ですね？」

「はい。怪我人の容態《ようだい》は？」

「お気の毒ですが、たったいま亡《な》くなられました。手術中に急激に血圧が下がりまして、じきに心肺の停止に陥りましてね。電気ショックを試みたのですが……」

「そうですか」

「轢き逃げ事件ですから、司法解剖に付されることになると思います。お身内の方には、警察が連絡するでしょう」

「わかりました。それでは、わたしは引き取らせてもらいます」

唐木田は執刀医に一礼し、急ぎ足で大学病院を出た。

影山が死んだという実感は薄かった。自分の目で、死顔を見ていないからだろう。

唐木田は病院の前でタクシーを拾い、店に戻った。ワンメーターだった。

店には、三枝麻実《さえぐさまみ》がいた。

チームの紅一点だ。唐木田とは他人ではない。

麻実は二十九歳だ。その美しさは人目を惹《ひ》く。プロポーションも申し分ない。

麻実はセレモニー・プロデューサーと称しているが、要するに葬儀社の女社長である。

二代目社長だった実兄が二年前に通り魔殺人に遭《あ》ったため、やむなく家業を継《つ》いだわけだ。それまでは、海上保安庁第三管区海上保安部救護課で働いていた。

麻実の兄を擦《す》れ違いざまに出刃庖丁で刺殺した犯人は心神喪失と精神鑑定され、刑事罰を免れた。彼女はそのことに理不尽さを覚え、いまも憤《いきどお》っている。また、麻実は報酬の一部を匿名《とくめい》で犯罪被害者の会に寄附していた。

「お店をほったらかしにして、どこで油を売ってたの？」

「京陽大学病院に行ってたんだ」

「誰かのお見舞いね？」

「いや、そうじゃないんだよ」

唐木田は詳しい話をした。

麻実が驚き、下唇をきつく噛んだ。勝ち気な彼女は、人前では決して涙は見せない。しかし、情《じょう》には脆《もろ》い性質《たち》だった。必死に悲しみを堪《こら》えているにちがいない。

「影山ちゃんがプライベートなことで他人《ひと》の恨みを買ったとは思えない」

唐木田は言いながら、麻実のかたわらに腰を下ろした。

「それは絶対にないわね。きっと影山さんは取材で、何か見てはならないものを見てしまったのよ。それで、始末されることに……」

「おそらく、そうなんだろう。彼は最近、何を取材してたんだろうか」

「さあ」

麻実が小首を傾《かし》げた。

「ライター仲間か雑誌編集者に会えば、そのあたりのことはすぐにわかるだろう」

「チームで動くのね？」

「常連客が無残な殺され方をしたんだ。じっとしてられないさ。ほかの二人に召集をかけよう」

唐木田は飴色《あめいろ》のカウンターから携帯電話を摑み上げ、まず岩上宏次郎《いわがみこうじろう》の携帯電話の短縮番号を押した。

岩上は渋谷署刑事課強行犯係《きょうこうはん》の刑事だ。四十三歳である。五分刈りで、ずんぐりとした体型だ。

人相はよくないが、心根は優しい。猟犬タイプの刑事で、マークした被疑者には喰《く》らいついて放さない。あまりに家庭を顧《かえり》みなかったからか、二年数カ月前に離婚する羽目《はめ》になってしまった。

岩上は中学生のひとり娘に未練を残しながらも、住み馴《な》れた自宅を出た。それ以来、カプセルホテルを塒《ねぐら》にしている。時には、公園で野宿することもあるようだ。

唐木田は、岩上のことを親しみを込めてガンさんと呼んでいる。岩上のほうは冗談めかして、唐木田を親分と呼ぶ。

電話が繋《つな》がった。

「ガンさん、おれだよ」

「いつもより声が緊張してるな。親分、招集だね？」

「そう。実は、ノンフィクション・ライターの影山ちゃんが店の前で無灯火の車に轢き殺されたんだ」

「えっ、あの書き屋が殺されたって⁉」

「そうなんだ。弔《とむら》い合戦のつもりで、犯人捜しをやろうや」

「いいとも。すぐ四谷に行くよ」

岩上の声が途切れた。

唐木田は終了キーを押し、今度は浅沼裕二《あさぬまゆうじ》に電話をかけた。

三十四歳の浅沼は美容整形外科医である。俳優顔負けの二枚目だ。独身のリッチマンとあって、女たちにモテる。セックスフレンドは三十人ではきかない。愛称はドクだ。

浅沼は優男《やさおとこ》だが、考え方は決して軟弱ではなかった。

ふだんは女たちから情報を集める役が多いが、メスや鉗子《かんし》を武器にして、悪党どもとも敢然と闘う。吹き矢《ブロウガン》で、ダーツ付きの麻酔薬アンプルを飛ばすこともうまい。

ただし、浅沼には妙な思い入れや正義感はない。

チームの仕事は、あくまでも率のいいサイドビジネスと割り切っている。黒いポルシェやクルーザーを所有しながらも、物欲は依然として強い。フランスの古城を別荘として買い取ることを夢見ていた。

浅沼は広尾にある自分の医院を出て、車で『ヘミングウェイ』に向かっている途中らしかった。影山の訃報《ふほう》には、さすがにショックを受けた様子だった。

唐木田は電話を切ると、三本のアイスピックを手にした。スツールを滑り降り、ビリヤード・テーブルの際《きわ》に立つ。

唐木田は深呼吸し、アイスピックをキューラックの木枠に投げつけた。木枠には、ところどころ黒いサークルマークがつけてある。標的だ。

アイスピックは標的の一つに突き刺さった。

「おみごと！　小学生のころからダーツに熱中してきただけあって、さすがにアイスピック投げも上手だわ」

「麻実、いつものように頼む」

「オーケー。はい、いくわよ！」

麻実が掛け声を放つ。

唐木田は体の向きを変えた。すぐに麻実がレモンを投げ放った。唐木田は二本目のアイスピックを飛ばした。

アイスピックはレモンの真芯《ましん》を射抜《いぬ》いた。レモンが床に転がると、次にライムが投げ放たれた。

唐木田はライムも射落とした。

麻実が拍手した。唐木田は三本のアイスピックを回収し、カウンターに戻った。

白い麻のスーツを着込んだ浅沼が店に入ってきたのは、九時四十分ごろだった。

麻実と浅沼は時間潰《つぶ》しにナインボールに興じはじめた。ワンゲーム三万円の勝負だった。

ナインボールのルールは、いたって単純だ。

自分の白い手球《てだま》を一番球から当て、的球《まとだま》を六つのポケットのどこかに落とせばいい。基本的には、最後の九番球を早くポケットに入れたプレーヤーが勝者になる。

手球を一番球に当てたとき、運よく九番球もポケットに落ちれば、そのゲームは終了だ。しかし、そういうラッキーなことはめったに起こらない。

唐木田はカウンターの中に入り、二人のゲームをぼんやりと眺めた。

ビリヤード歴は、浅沼のほうが長い。女好きの美容整形外科医はキューを気取った恰好《かっこう》で撞《つ》くが、手球にスピードはなかった。

麻実は初歩テクニックしかマスターしていないが、盤面《ばんめん》の読み方は正確だった。的球を着実にポケットに落としていく。

最初のゲームは麻実が勝った。次のゲームでは、浅沼が勝利を収めた。

三ゲーム目が中盤に差しかかったとき、ホームレス刑事がのっそりと店に入ってきた。

紺のポロシャツ姿だった。スラックスの折り目は消えている。無精髭《ぶしょうひげ》が目立つ。

「ガンさん、軒灯《けんとう》を消してもらえる？」

「あいよ」

岩上が気さくに答え、ドアの向こうに消えた。

「早いとこ片をつけてくれ」

唐木田は麻実たち二人に言って、四人分の水割りを用意しはじめた。

2

ベッドが小さく軋《きし》んだ。

熱い息が下腹に降りかかった。髪の毛が内腿《うちもも》を掃《は》く。

唐木田は眠りを解《と》かれた。

股の間に、麻実が這《は》いつくばっている。一糸もまとっていない。高く突き出した白桃のようなヒップが悩ましかった。

唐木田の自宅マンションの寝室だ。

ベッドはダブルだった。借りているマンションは、『ヘミングウェイ』の斜め裏にある。間取りは2ＬＤＫだ。

唐木田はナイトテーブルの上に目を向けた。腕時計の針は、午前八時二十分を指《さ》している。前夜、麻実は泊まったのである。二人は一週間ぶりに睦《むつ》み合い、裸のままで眠りについた。

「どうした？」

唐木田は問いかけた。

「起こしちゃって、ごめんなさい。わたし、また欲しくなっちゃったの」

「昨夜《ゆうべ》はサービスが足りなかったかな」

「ううん、そうじゃないの。充分に燃えさせてもらったわ。でもね、また欲しくなっちゃったのよ」

「そうか」

「きのう、影山さんがあんなことになったんで、つくづく人の命って儚《はかな》いなって思ったの。彼、まだ三十五だったのよ。あまりにも若すぎるわ」

「そうだな。しかし、生身の人間はいつ、どうなるかわからない」

「そう、そうなのよね。だから、生きてるうちにしたいことをしておかなきゃって思ったら、急に……」

麻実が言い澱《よど》んだ。

「セックスしたくなったわけだ？」

「そうなの。ちょっとはしたないかしら？」

「正直でいいさ。確かに人間は生きてるうちが華《はな》だからな。死んじまったら、何もできない。人生を思い切り愉《たの》しまなきゃ、損だよな？」

「ええ、切実にそう思ったわ」

「切実にか」

「そう。わたしのわがままにつき合ってくれる?」

「ああ、喜んで」

唐木田は笑みを浮かべた。

麻実がほほえみ、顔を埋めた。唐木田は握られた。麻実が根元を断続的に握り込みながら、ゆっくりと唇を被《かぶ》せてくる。

生温かい舌が心地よい。たちまち唐木田の欲望は猛《たけ》った。

麻実の舌が情熱的に乱舞しはじめた。

舌技には少しも無駄《ロス》がない。官能を的確にそそる。唐木田は舐《な》められ、吸われ、くすぐられた。頭の芯《しん》が霞《かす》みはじめた。

麻実はキウイフルーツに似た部分を柔らかく揉《も》みながら、ディープ・スロートに移った。左手は唐木田の下腹や内腿を滑っている。いとおしげな手つきだった。

「体をターンさせてくれないか」

唐木田は言った。

麻実がためらいながらも、体の向きを変えた。昂《たか》まりを口に含んだままだった。

唐木田は、顔の上に跨《また》がった麻実の腰を引き寄せた。

麻実が嬌声《きようせい》を洩《も》らした。声には、恥じらいがにじんでいた。

唐木田は秘めやかな場所に目をやった。

赤い輝きを放つ縦筋《たてすじ》はわずかに捩《よじ》れ、小さく笑《え》み割れていた。淫《みだ》らだが、愛らしい。合わせ目の内側は、濡れ濡れと光っている。刺激的な眺めだった。飾り毛は、ほどよい量だ。逆三角に繁っていた。絹糸のように細い。

唐木田は亀裂全体に軽く息を吹きかけた。

すると、麻実は身を揉んだ。甘やかな呻《うめ》き声も零《こぼ》した。

唐木田は舌の先で、双葉を想《おも》わせる二枚の肉片を捌《さば》いた。また、麻実がなまめかしく呻いた。

唐木田はクレバス全体を舐め上げてから、肉の芽を打ち震わせはじめた。

それは痼《しこ》っていた。芯の塊《かたまり》は真珠のような形状だった。麻実が狂おしげに舌を乱舞させはじめた。

唐木田は敏感な突起を吸いつけた。

弾《はじ》き、圧《お》し転がし、甘咬《あまが》みもした。麻実が魚のように裸身をくねらせた。

柔肌は神々《こうごう》しいまでに白い。肌理《きめ》も濃《こま》やかだ。

唐木田は頃合を計って、フリル状の肉片を貪《むさぼ》った。複雑に折り重なった襞《ひだ》の奥にも舌を潜《くぐ》らせる。

それから、本格的に尖《とが》った芽を甘く嬲《なぶ》りはじめた。麻実が切なげに腰を密着させ、くぐもった呻き声をあげる。

唐木田は麻実の体内に指を埋めた。

Gスポットは瘤《こぶ》のように盛り上がっていた。快感の証《あかし》だ。その部分を愛撫しながら、鋭敏な芽を慈《いつく》しむ。

数分経《た》つと、急に麻実の体が縮こまった。

エクスタシーの前兆である。唐木田は口唇愛撫に一段と熱を込めた。

ほどなく麻実は極《きわ》みに駆け昇った。

悦《よろこ》びの声は長く尾を曳《ひ》いた。麻実の体が硬直するたびに、唐木田は埋めた中指に強い緊縮感を覚えた。

搾《しぼ》り込むような締めつけ方だった。内奥《ないおう》のビートが、もろに伝わってくる。

麻実の体は熱く潤《うる》んでいたが、指は軽く引いても抜けなかった。

「たまらないわ。頭が変になりそう……」

麻実がペニスを口から解き放ち、上擦《うわず》った声で言った。すぐに彼女は、唐木田の内腿に唇をさまよわせはじめた。

唐木田は指を引き抜き、ゆっくりと身を起こした。分身は角笛《つのぶえ》のように反《そ》り返っていた。

麻実が心得顔で仰向けになった。

胸は、まだ波打っている。果実のような乳房は横たわっても、少しも形が崩れていない。淡紅色《たんこうしょく》の乳首は硬く張り詰めたままだ。

唐木田は穏《おだ》やかに体を重ねた。

「体の芯が火照《ほて》って、火傷《やけど》しそうよ」

麻実が真顔《まがお》で言った。

唐木田は麻実の額に軽く唇を当て、よく光る黒曜石《こくようせき》のような瞳を見つめた。淫蕩《いんとう》な光が宿っている。色っぽかった。

唐木田は麻実の中に分け入った。

無数の襞《ひだ》が吸いつくようにまとわりついてくる。いい感じだ。内部は熱くぬかるんでいたが、それでいて密着感が強い。

「好きよ」

麻実が軽く目を閉じ、形のいい唇をこころもち開いた。

唐木田は麻実と舌を絡《から》め、抽送《ちゅうそう》しはじめた。麻実が、むっちりとした腿《もも》で唐木田の腰を挟んだ。

唐木田は六、七度浅く突き、一気に奥まで分け入った。結合が深くなるたびに、麻実は声を詰まらせた。眉根《まゆね》も寄せられた。むろん、苦痛の表情ではない。

唐木田は強弱をつけながら、一定のリズムを刻みつづけた。

突くだけではなかった。捻《ひね》りも加えた。後退するときは、必ず張り出した部分で膣《ちつ》口《こう》を削《そ》ぐようにこそぐった。

そのつど、麻実は猥《みだ》りがわしい反応を示した。なんとも煽情的《せんじようてき》だった。

唐木田は律動を速めた。

麻実の上瞼《うわまぶた》の陰影が徐々に濃くなっていく。眉間の皺《しわ》がセクシーだ。顎《あご》は上向き、口は半開きだった。白い歯の表面は乾いていた。口の中では、舌が妖《あや》しく舞っている。

唐木田はゴールに向かって疾駆《しつく》しはじめた。

麻実が唐木田の肩や背中を撫でながら、リズムを合わせた。大胆な迎え腰だったが、不潔感は少しも覚えなかった。

唐木田はラストスパートをかけた。

それから一分も経《た》たないうちに、麻実は沸点《ふってん》に達した。迸《ほとばし》った愉悦《ゆえつ》の声は、どこかジャズのスキャットに似ていた。動物の唸《うな》り声にも近い。

やや遅れて、唐木田も放った。

射精感は鋭かった。ほんの一瞬だったが、脳天が痺《しび》れた。

唐木田は、わざと分身をひくつかせた。

麻実が啜《すす》り泣くような声を洩らし、裸身を硬直させた。一層、緊縮感が鋭くなった。

思わず唐木田は声をあげてしまった。

麻実はピルを服用している。二人は、いつも自然な形で交わっていた。避妊具を装着しない分だけ皮膚感覚は鋭敏だった。

二人は全身で余韻《よいん》を汲《く》み取ってから、静かに離れた。

麻実は小休止すると、浴室に向かった。唐木田はベッドに腹這いになって、ラークマイルドをくわえた。

情事のあとの一服は格別にうまい。ゆったりと紫煙をくゆらせ、唐木田は仰向けになった。

天井を眺めていると、脳裏に脈絡もなく健人《けんと》という九歳の少年の顔が浮かんだ。

健人の父親は殺人犯だった。三年数カ月前に酒に酔った勢いで上司と喧嘩《けんか》をし、相手を殴り殺してしまったのである。

健人の父親は、もともと酒癖が悪かった。彼の犯行を庇《かば》う気にはなれなかったが、唐木田は妻と幼い健人には同情した。

法廷で見かけた健人の母親はやつれ、実際の年齢よりも十歳は老けて映った。母方の祖母と東京地裁の内庭で遊んでいた健人も、少年の快活さを失っていた。ひどく表情が暗かった。

犯罪の被害者側の家族には、世間の同情が集まる。遅蒔《おそま》きながらも、国も犯罪被害者の家族に何らかの補償をする制度を法文化した。

しかし、加害者の身内に世間の風は冷たい。肩身の狭い思いをし、住み馴れた土地から逃げるように去るケースが目立つ。

犯行に及んだ本人は、咎《とが》められても仕方がない。だが、その家族を白眼視することは慎むべきだ。むしろ、周囲の者たちが労《いたわ》るべきだろう。

健人の母親は病弱で、一日四、五時間のパート労働しかできない。わずかな収入で懸命に健人を育てていることを知ったとき、唐木田は母子に何か救いの手を差しのべたくなった。

といって、恩着せがましいことはしたくない。唐木田は考えた末に、母子の住む安アパートの郵便受けに直《じか》に現金入りの封筒を投げ込むことにした。

もちろん、氏名は明かさなかった。添え文には、服役中の健人の父親にかつて世話になった男とだけ記《しる》した。

判事時代には毎月三万円しか投げ込めなかったが、いま現在は月々二十万円をこっそり贈っている。そのことは誰にも話していない。話せば、偽善者扱いされることは目に見えている。

偽善者は、ある意味で犯罪者よりも下劣だ。義賊めいたことをしていても、善人ぶる気はなかった。ささやかな支援は気まぐれだった。

偽善者呼ばわりされるのは耐えがたい。ややセンチメンタルな性格だが、決して自分は偽善者ではないつもりだ。それどころか、露悪趣味さえある。

健人の家に月に一度通っていることは、誰にも覚《さと》られたくない。ことに麻実には知られたくなかった。

彼女は実兄のこともあって、犯罪被害者の遺族に何かと同情的だ。唐木田は麻実と同質の感情を持ちながらも、加害者の家族の辛さもよくわかる。

麻実と自分の価値観は、ほぼ一致していた。二人の意見がぶつかるのは、いつもその点だけだった。

自分が麻実の立場だったら、犯罪者の身内も憎んでしまうかもしれない。そう考えながらも、加害者の家族もある意味では事件の被害者だという思いも捨て切れなかった。

少しすると、麻実が寝室に戻ってきた。純白のバスローブ姿だった。

「もっと一緒にいたいんだけど、きょうは告別式が二つもあるの。いったん中目黒のマンションに戻って、品川の会社に顔を出すわ」

「そうか。まさか真紅のフィアットで客の葬儀会場に乗りつけてるんじゃないだろうな」

「フィアットはプライベートカーよ。仕事と遊びをごっちゃになんかしてないから、ご心配なく」

「冗談だよ。おれは、あとで文英社に行ってみる。影山ちゃん、『現代公論』の笹尾《ささお》繁《しげる》って副編集長を何度か店に連れて来たことがあるんだ」

「そう。岩上さんは、四谷署から情報を集めてくれることになってたのよね。わたしと広尾の女たらしは、とりあえず待機してればいいんでしょ？」

「ああ。適当に消えてくれてもいいぜ」

唐木田はベッドから出て、トランクスだけを穿《は》いた。そのままの恰好《かっこう》で、浴室に急ぐ。

唐木田は熱めの湯を頭から浴び、髪と体を入念に洗った。浴室を出ると、麻実がコーヒーを淹《い》れていた。

身繕《みづくろ》いを終え、うっすらと化粧をしていた。一段と美しい。

「もたもたしてると、仕事に支障を来《きた》すぞ。一応、社長なんだから、けじめはつけないとな」

「はい、はい。それじゃ、帰るわね」

「コーヒー、ありがとな」

唐木田は黒いバスローブのベルトを結び、麻実を玄関先まで見送った。

麻実は手を小さく振って、エレベーター・ホールに向かった。

五階だった。唐木田の部屋は五〇五号室である。

亡妻とは官舎で暮らしていた。プールバーの権利を買ったとき、このマンションを借りたのである。

唐木田はダイニング・テーブルに向かい、コーヒーをブラックで飲みはじめた。室内は冷房が利き、かなり涼しい。

唐木田は真夏でも、起き抜けには熱いブラックコーヒーを啜《すす》る。長年の習慣だった。

ちょうどマグカップが空になったとき、寝室から携帯電話の着信音が響きはじめた。

唐木田は椅子から立ち上がった。寝室に走り入り、携帯電話を耳に当てる。

「親分、まだ寝てた？」

岩上だった。

「いや、起きてたよ。コーヒー、飲んでたんだ。四谷署で何か収穫はあった？」

「期待してたほどじゃないが、影山君の遺品の中に取材ノートがあったよ。どさくさ紛《まぎ》れにノートを覗いたら、例の埼玉の保険金殺人事件のメモが書かれてた」

「そう」

唐木田は短く応じた。

ホームレス刑事が口にした事件は、一年ほど前から派手にマスコミに取り上げられていた。被疑者は五十代の金融業者だった。

その人物は自分が経営しているカラオケパブのママやホステスを中高年の男性と偽

装結婚させ、それぞれの夫に多額の生命保険を掛けさせていた。保険金の受取人こそママやホステスになっていたが、掛け金はすべて金融業者が払っていた。月々の支払いは、百万円以上だった。

被疑者は、ホステスの夫が水死した直後から急に金回りがよくなった。受取人のホステスは総額三億四千万円の保険金を手に入れたはずだが、彼女の暮らし向きはいっこうによくなっていない。

水死した男性は、金融業者から一千数百万円を借りたままだった。そして、彼は金融業者に栄養剤と称する風邪薬を大量に強制的に服《の》まされていた。市販の風邪薬でも酒と一緒に服用すると、腎臓や肝臓を傷《いた》める危険性がある。

警察は金融業者を怪しみ、偽装結婚に絡む公正証書原本不実記載の容疑で逮捕に踏み切った。勾留《こうりゅう》期限ぎりぎりに被疑者は殺人及び同未遂容疑で再逮捕され、目下、拘置されている。

「金融業者はシロだって言い張ってるが、心証はクロだね。それに奴は体に刺青《スミ》入れてるから、素《す》っ堅気《かたぎ》じゃないな」

「だろうね」

「親分、埼玉の金融業者が影山君を誰かに殺《や》らせたのかもしれないぜ」

「ガンさん、そのあたりのことを少し探《さぐ》ってほしいんだ」

「あいよ」

「影山ちゃんの司法解剖は？」

「いまごろ京陽大学病院の法医学教室でやってるはずだよ。司法解剖が終わったら、亡骸《なきがら》は高円寺のマンションに運ばれて、今夜、仮通夜が執《と》り行われるそうだ」

「本通夜と告別式は、金沢の実家でやるんだね？」

「ああ、そうらしい。親分は、書き屋の仕事関係の人間に当たってくれるんだったな？」

岩上が確かめた。

「これから、文英社に行くつもりなんだ」

「そうかい。何かわかったら、すぐ親分に電話すらあ」

「よろしく！　それはそうと、ガンさん、マンションを買いなよ。宿なしじゃ、何かと都合が悪いはずだ」

「おれに分け前を受け取れってことだな。せっかくだが、現職刑事のおれが銭《ぜに》を貰《もら》うわけにゃいかねえよ」

「おれたち仲間のことが信用できないってわけかい？　ガンさんが分け前を受け取ったことを誰かが渋谷署に密告するとでも……」

「親分、悲しいことを言わねえでくれや。おれは仲間の三人は心底、信じてるぜ。おれは、自分の正義ってやつを貫《つらぬ》きてえだけなんだ。法の裁きにゃ、限界がある。だから、非合法な手段でも極悪人どもをやっつけてやりたい。親分のそういう考えに共感したから、仲間に入れてもらったんだ。けどさ、悪い奴らから奪った銭は欲しくないんだよ」

「金に、きれいも汚いもないと思うがな。危険な裏仕事をしてるわけだから、堂々と分け前を貰ってもいいんじゃないだろうか」

「貰ってる仲間をどうこう言う気なんかない。けどさ、おれは受け取りたくねえんだよ。親分、わかってくれや」

「ダンディズムの問題なんだね?」

唐木田は問いかけた。

「そんな気取ったもんじゃねえんだ。いったん銭を受け取ったら、なし崩しに何かがぶっ壊れちまうようでな。おれは、それが怖いんだよ。まだ現職なんだからさ、一応、けじめはつけたいじゃないか」

「ガンさんの気持ちは、よくわかったよ。もう何も言わない。しかし、必要経費はちゃんと請求してほしいんだ」

「そのうち、まとめて請求するよ」

岩上が先に電話を切った。

唐木田は微苦笑して、モバイルフォンの終了キーを押した。一服してから、外出の支度《したく》に取りかかった。

といっても、いくらも手間はかからなかった。戸締まりをして、部屋を出る。唐木田はエレベーターで地下駐車場に降り、パーリーホワイトのレクサスに乗り込んだ。文英社は文京区内にある。

目的の大手出版社に着いたのは、午前十時過ぎだった。笹尾は、まだ出社していなかった。

唐木田は文英社の並びにあるティー&レストランに入り、遅い朝食を摂《と》った。十一時半ごろ、ふたたび大手出版社を訪ねた。

受付嬢に笹尾が在社しているかどうか確かめてもらう。今度は、出社していた。

一階ロビーの応接ソファで待っていると、じきに『現代公論』の副編集長が現われた。

「突然、お邪魔して申し訳ありません。影山ちゃんのことで少しうかがいたいことがあったもんで……」

唐木田は立ち上がって、そう言った。

「今朝《けさ》のテレビ・ニュースで彼のことを知って、びっくりしましたよ。ショックです」

「そうでしょうね」

「どうぞお掛けになってください」

笹尾は唐木田の正面に坐った。

「影山ちゃんが誰に殺《や》られたのか、わたしなりに調べてみたいんですよ」

「マスターは、元判事さんだったそうですね。犯人を捜し出して、個人的に裁くおつもりなんですか？」

「そんなアナーキーなことは考えてませんよ。ちょっと探偵の真似《まね》をしてみる気になっただけです」

唐木田は内心の狼狽《ろうばい》を隠し、努《つと》めて平静に言った。

「そうですか」

「最近、影山ちゃんはどういう取材をしてたんです？」

「ここ数カ月、彼とは会ってなかったんですよ。四、五カ月前は、カルト集団の取材を熱心にやってましたが、その原稿は『日本ジャーナル』って総合月刊誌に発表したはずです。そのあと、埼玉の保険金殺人事件を追うようなことを洩らしてましたが、取材に取りかかったのかどうか……」

「その取材には取りかかってたようですよ。遺品の取材ノートに、保険金殺人事件のことがメモされてたそうですから」

「それは警察からの情報ですか？」

笹尾が縁なし眼鏡のブリッジを軽く押さえ、まっすぐ唐木田の顔を見据えた。いかにもインテリ然とした面立《おもだ》ちだ。

「ええ、まあ。四谷署に知り合いの刑事がいるんです」

「そうですか。だとしたら、彼は金融業者の息のかかった人間に口を封じられたのかもしれないな。影山氏の嗅覚《きゅうかく》は鋭かったんです。おそらく彼は、警察も入手できなかった決定的な証拠を摑んだんでしょう」

「影山ちゃんと親しかったライターの方をご存じありませんか？」

「同じフリーの高辻哲司《たかつじてつじ》という男とは割に親しかったですね」

「その方の連絡先はわかります？」

「編集部の寄稿家リストには載《の》ってたと思いますが、わたし個人は高辻哲司とは一面識もないんですよ。仮通夜が今夜、高円寺で営《いとな》まれることはご存じですか？」

「ええ、知り台いの刑事から聞きました」

「仮通夜に行かれれば、影山氏の仕事仲間に会えると思うな。わたしは、あいにく外せない仕事がありますんで、仮通夜には顔を出せないんですがね」

「そうなんですか。それじゃ、仮通夜を覗いてみましょう。お忙しいところをありがとうございました」

　唐木田は謝意を表し、すっくと立ち上がった。

　釣られて笹尾も腰を浮かせる。

唐木田は文英社を出た。いったん自宅に戻ることにした。すぐにレクサスに乗り込んだ。

3

読経《どきょう》の声は聞こえなかった。

ドアの隙間《すきま》から、うっすらと線香の臭《にお》いが漂ってくる。影山の部屋は三階にあった。

唐木田はインターフォンを鳴らした。

短い返事があり、じきにドアが開けられた。現われたのは、三十代半ばの男だった。

「わたし、故人がひいきにしてくださった飲み屋の者です。お焼香させてもらえますか？」

「ええ、どうぞ」

「失礼します」

唐木田は携《たずさ》えてきた花束を男に手渡し、静かに室内に入った。

間取りは1DKだった。亡骸《なきがら》は奥の部屋に安置されていた。遺体の周《まわ》りに、七、八人の男女がいた。

死者の枕許《まくらもと》には急ごしらえの小さな香炉台《こうろだい》が置かれ、線香の煙が垂直に立ち昇っていた。香炉台に最も近い場所に、六十絡《がら》みの女性が正坐している。目のあたりが影山とよく似ていた。故人の母親だろう。彼女のかたわらには、二十六、七歳の女性がいた。清楚《せいそ》な美人だった。うつむいて、懸命に嗚咽《おえつ》を堪《こら》えている様子だ。小刻みに揺れる細い肩が痛々しい。確か影山は、ひとりっ子のはずだ。悲しみに打ちひしがれている女性は、故人の恋人なのかもしれない。

「どうぞ奥に」

先客の男が唐木田に低く言い、隣のダイニング・キッチンに移った。近くの男女も、それに倣《なら》った。

唐木田は弔問客《ちょうもんきゃく》たちに目礼し、小さな祭壇の前に坐った。

線香を手向け、亡骸に合掌する。頭を上げたとき、六十年配の女性が口を開いた。

「わざわざありがとうございます。わたし、宗範の母です」

「そうでしたか。唐木田と申します。このたびは、とんだことで……」

「唐木田さんとおっしゃいますと、救急車を呼んでくださった方ですね？」

「ええ、そうです。息子さんはわたしがやってる酒場の前の通りで、無灯火の車に撥ねられてしまったんです」

「そうだそうですね。そのことは、警察の方からうかがいました」

「そうですか。多分、息子さんはわたしの店に来る途中だったんだと思います。週に二、三度お見えになってましたので」

「宗範は、あなたに何か相談しませんでしたでしょうか？　たとえば、仕事のことで誰かに脅されているとか？」

「プライベートな話は、ほとんどしなかったんですよ。息子さんとは、もっぱらヘミングウェイの話をしてました」

「そうですか」

「お力落としでしょうが、どうかお気を張って……」

「は、はい。息子の顔を見てやってくださいます？」

「見せていただきます」

唐木田は言った。

故人の母親が息子の顔を覆《おお》った白布をそっと捲《めく》った。頭部の損傷はひどかったが、影山の顔はきれいだった。

唐木田は改めて亡骸に手を合わせた。

そのとき、清楚な美人が泣き崩れた。影山の母親が、泣いている女性の肩を優しく包み込んだ。

「お身内の方ですか？」

唐木田は故人の母親に問いかけた。

「いいえ。この方、宗範と秋に結婚することになってたんです」

「婚約者の方だったんですか」

「はい。宮脇智絵《みやわきちえ》さんとおっしゃるの。宗範には、お似合いのお嫁さんだと喜んでたんですよ」

「残念ですね」

「ええ、とっても」

影山の母はそう言い、息子の婚約者とともに涙にくれた。

唐木田は亡骸から離れた。ダイニング・キッチンに移ると、さきほど応対に現われた男が歩み寄ってきた。

「供養のお酒を用意してありますので、どうぞ召し上がってください」

「せっかくですが、車なんですよ。失礼ですが、あなたは影山ちゃんと同業の方ですか?」

「いいえ、同業ではありません。学生時代の友人なんです。中西《なかにし》といいます」

「影山ちゃんが最近、どんな取材をしてたかわかります?」

「いいえ。影山とは年に四、五度は会ってたんですが、お互いに仕事の話はめったにしませんでした。いつも学生時代の思い出話をするばかりでね」

「そうですか。中西さんは、影山ちゃんのライター仲間の高辻哲司という方をご存じですか？」

「ええ、知ってますよ。影山の出版記念パーティーで何度かお目にかかってますんでね」

「奥の部屋に高辻さんは？」

「いません。しかし、もう間もなく来ると思いますよ」

中西が言った。

「それじゃ、また後で来てみます」

「わかりました。ビールは勧めませんが、鮨《すし》を少し抓《つま》んでいってください」

「腹が一杯なんです」

唐木田は靴を履《は》き、影山の部屋を出た。

歩廊から、ＪＲ高円寺駅の高架ホームが見える。

唐木田はマンションを出て、裏通りに駐《と》めてあるレクサスに乗り込んだ。午後八時を回っていた。

『ヘミングウェイ』は臨時休業にしてあった。カーラジオのスイッチを入れようとしたとき、岩上から電話がかかってきた。

「親分、おれの勘は外れたようだよ。書き屋が保険金殺人の事件《ヤマ》を洗ってたのは確かだったんだが、通りいっぺんの取材をしただけだったんだ」

「そう」

「影山君が早々に取材を打ち切ったってことは、金融業者の尻尾《しっぽ》は摑めないと判断したからだと思うんだ」

「だろうね」

「親分のほうは、何か収穫があったの？」

「いまのところは、まだ……」

唐木田は、故人のライター仲間を待っていることを伝えた。

「親しい仕事仲間なら、きっと何か知ってるよ」

「そうだといいんだがね。その後、四谷署の捜査状況は？」

「現場《げんじょう》に落ちてたスカイラインの塗膜片《とまくへん》が唯一の手がかりなんで、修理工場を虱潰《しらみつぶ》しに当たってるらしいんだが、まだ加害車輛は割り出せてないんだ」

「そう」

「おれは東京に戻って、親分の指示を待つことにすらあ」

「ガンさん、お疲れさま！」

唐木田は電話を切って、ＦＭ東京のジャズに耳を傾けはじめた。スタンダード・ナンバーを五曲ほど聴き、ふたたび影山の部屋を訪れた。

インターフォンを鳴らすと、中西が顔を見せた。

「高辻さんは？」

「十分ほど前に来ました。いま、呼んできます」

「よろしく！」

唐木田は歩廊にたたずんだ。

待つほどもなく、髭面《ひげづら》の男が部屋から出てきた。高辻だった。唐木田は名乗った。

「あなたのことは、影《かげ》さんから聞いてます。以前は東京地裁の判事さんだったそうですね？」

「ええ、まあ。影山ちゃんの事件の真相を個人的に探《さぐ》ってみようと思ってるんですよ。ご協力願えますか？」

「ええ、もちろん。影さんとは同い年だったし、気も合ったんです。あんないい奴を轢《ひ》き殺すなんて、断じて赦《ゆる》せないな。ぼくが刑事だったら、正当防衛を装って犯人を射殺する気になったでしょうね」

「そのお気持ちは、よくわかります。ところで、犯人に心当たりは？」

「具体的に誰という人物は思い当たりませんが、影さんは過去に暴力団関係者や経済マフィアに襲われたことがあるんです。彼は腐敗した社会に大胆にメスを入れてましたからね」

「影山ちゃんは埼玉の保険金殺人事件の取材を打ち切った後、どんなテーマを追っかけてたんでしょう？」

「おそらく一種のカムフラージュだと思いますが、彼はぼくには美人妻たちの出張売春組織を洗ってると言ってました」

「出張売春組織のルポとは、影山ちゃんらしくないな。彼は社会派ノンフィクションを売り物にしてきたライターですからね」

「おっしゃる通りです。影さんが通俗的な題材を本気で選ぶわけがありません。きっと彼は、ぼくを牽制《けんせい》したんでしょう。仲は良かったんですが、ぼくらはライバル同士でしたからね。仕事面では、お互いに完全に無防備だったわけじゃないんです。ぼくだって、気を入れてる仕事の内容までは彼に話しませんでしたからね」

「なるほど。影山ちゃんは、出張売春組織について、どの程度まで高辻さんに話したんです？」

「美貌《びぼう》の若い人妻をたくさん集めた出張売春組織がインターネットを使って、資産家たちを客にしてるらしいんです。デリバリーヘルスと同じように、美しい人妻たちが客の指定したホテルや別荘に出向くシステムになってるという話でした。独り暮らしをしてるリッチマンの中には、高級娼婦を自宅に呼ぶ者もいるとか言ってましたよ」

「資産家たち相手の売春なら、かなり料金は高いんだろうな」

「ノーマル・コースなら、高級ソープと同じぐらいの料金らしいんです。九十分コースで、確か十万円だと言ってましたよ」

　高辻が言った。

「アブノーマル・コースもあるようだね？」

「ええ。ＳＭプレイが目玉になってるスペシャル・コースというのは、料金が倍額になってるという話でした」

「それだけの料金だと、サラリーマンなんかは客になれないな」

「そうですね。客は中小企業のオーナー社長、医者、代議士、チェーン・レストラン経営者、貸ビル業者、首都圏の大地主なんて連中らしいですよ」

「中高年の客ばかりなんだろうね」

「いや、そうばかりじゃないみたいですよ。リッチマンたちの息子たちも、何人か客になってるっていうんです。ほら、最近、引きこもりの青年たちが増えたでしょ？　そうした内向的な若い男たちだって、性欲とは無縁ではいられません」

「自分の息子が凄まじい性衝動《リビドー》を抑《おさ》えられなくなって強姦《ごうかん》でもしたら大変だと、リッチな親たちが人妻売春婦を宛《あ》てがってやってるわけか」

「そうなんでしょうね」

「世も末だな」

唐木田は嘆《なげ》いた。

「まったくですね」

「影山ちゃんがそこまで具体的な取材内容をあなたに喋《しゃべ》ったんだったら、実際に彼は出張売春組織のことを取材してたんじゃないだろうか」

「言われてみると、確かに影さんは具体的なことを喋ってますよね。その出張売春組織の背後に、何かとてつもない陰謀が隠されてるのかな？」

「そうなのかもしれない」

「だとしたら、影さんが風俗ネタを追っかけてたことも納得できます。そうか、そうだったのか」

「出張売春組織のホームページのアドレス、わかります？」

「そこまでは影さんも教えてくれませんでした」

「そう。わたしが弔問したとき、亡骸のそばに婚約者の宮脇智絵さんがいたが、彼女はまだ……」

「ええ、いますよ」

「影山ちゃんは婚約者には、仕事のことも詳しく喋ってたんじゃないだろうか」

「それ、考えられますね。宮脇さんは婦人雑誌の編集者なんです」

「雑誌編集者なら、取材内容も喋ってるだろう。悪いが、宮脇さんを呼んでもらえないだろうか」

「いいですよ。彼女に、あなたのことを話してみます」

高辻が影山の部屋に戻った。

唐木田はエレベーター・ホールまで歩いた。数分待つと、影山の部屋から宮脇智絵が出てきた。智絵は小走りにやってきた。

「お取り込みのところを申し訳ありません。唐木田です」

「宮脇です。高辻さんから、話はうかがいました。それから、宗範さんから唐木田さんのお噂《うわさ》も聞いています」

「そうですか。早速ですが、影山ちゃんが出張売春組織の取材をしてたという話は?」

「事実です。取材対象が彼らしくないんで、わたし、軟派ライターに転向する気なのかとからかったんです。そうしたら、宗範さんは苦笑いをして、『単なる風俗ルポを書く気なんかないよ』と言いました」

「つまり、資産家たちを対象にした出張売春組織の裏に何か陰謀が見え隠れしてるってことなんですね?」

唐木田は言った。

「ええ、おそらく。宗範さんの話ですと、元キャビン・アテンダントとか元ファッションモデルといった若い人妻と遊んだリッチマンたちは恐ろしい罠《わな》に嵌《は》められてるみたいなんです」

「資産家たちは人妻を金で買った弱みにつけ込まれたんだろうか」

「宗範さんは、そのあたりのことは詳しくは話してくれなかったんです。ですけど、客の男性たちがひどい目に遭《あ》ってることは間違いないと言ってました」

「その出張売春組織はホームページで客を誘い込んでたようですね？」

「ええ、そうらしいんです。麗人《れいじん》社交クラブとかいう名でホームページを開いて、表向きはお見合いパーティーの案内をしてるらしいんですが、実際には出張売春組織なんだとか……」

「影山ちゃんは、その組織のことをどの程度まで取材してたんだろうか」

「三週間ほど前に、客の事業家に接触したはずですけど、その男性がどこの誰だかはわかりません。おそらく彼は、そのあと組織のもっと大きな悪事の証拠を摑んだんだと思います。それで、こんなことになってしまったんでしょうね」

智絵がうつむいた。

「彼の取材ノートは、部屋にあるんだろうか」

「多分、あると思います。ですけど、いまは仮通夜ですので、宗範さんの机の中を引《ひ》っ掻《か》き回すことはためらわれます」

「ええ、それはできませんよね。影山ちゃんのおふくろさんや知人から何か探り出せたら、連絡してください」

唐木田は智絵に名刺を手渡した。名刺には、『ヘミングウェイ』の有線電話と携帯電話のナンバーが刷り込まれている。

智絵は名刺をスーツのポケットにしまい、影山の部屋に引き返していった。唐木田はエレベーターに乗り込んだ。

レクサスの運転席に入ると、すぐにノートパソコンを開いた。

麗人社交クラブのホームページを覗く。電子メールのアドレスと電話番号が記載されていた。携帯電話のナンバーだった。おおかたプリペイドタイプの携帯電話だろう。

唐木田はノートパソコンを助手席に置き、出張売春組織に電話をかけた。

「はい、麗人社交クラブです」

若い男の声が告げた。

「知り合いの会社社長に教えてもらったんだが、若い人妻を紹介してくれるそうだね？」

「お知り合いの方のお名前は？」

「佐藤《さとう》さんだよ、佐藤さん！」

唐木田は、ありふれた姓を騙《かた》った。

「ああ、佐藤産業のオーナーですね？」

「そうだよ。佐藤さんの話だと、たったの十万円でセクシーな人妻がパートナーになってくれるんだって？」

「はい。失礼ですが、お客さまのお名前を？」

「中村《なかむら》、中村一郎《いちろう》だよ」

「ご職業は？」

「マンションを二十棟ほど持ってる。それから、造園会社も経営してるんだ」

「それは、ご立派ですね。いまは、どちらにおられるのでしょう？」

「新宿だよ。わたし好みの女性を回してくれるんなら、すぐにホテルに部屋を取る」

「中村さま、お好みのタイプは？」

「テレビの元女子アナはいるかね？　ベッドで、いい声で泣かせてみたいんだ」

「はい、おります。プロ野球の花形選手と去年の秋に結婚した日東テレビの藤堂冴子《とうどうさえこ》をデリバリーいたします」

「藤堂冴子だって⁉　きみ、冗談がすぎるな。彼女の旦那《だんな》は年俸三億円プレーヤーじゃないか」

「藤堂冴子は、お金が目的じゃないんですよ。彼女は、ものすごい淫乱なんです。しかし、旦那は遠征でちょくちょく家を空けてます。それで、うちのクラブに……」

相手が声を潜《ひそ》めた。

「本当に元美人アナを抱けるんだったら、百万払っても惜《お》しくないね」

「料金は十万円で結構です。ただし、時間の延長はご勘弁ください。冴子の旦那は嫉《しっ》妬《と》深いらしくて、遠征先から日に何度も自宅に電話するそうなんです」

「女房が長いこと家を空けるわけにはいかないというんだね？」

「そうなんですよ。中村さん、ホテルにチェックインしたら、もう一度お電話をいただけますか。そうしましたら、三十分以内に藤堂冴子をお客さまの部屋に差し向けます。セックス・グッズとスキンは、彼女に持たせます」

「えっ、バイブレーターなんかも使わせてくれるの⁉」

「はい。ローターや羽毛《うもう》セットも持たせます。もちろん、使う使わないはお客さまのご自由ですが……」

「全部、使うとも。ぐっひひ。こいつは愉《たの》しみだ。ホテルに部屋を取ったら、すぐ連絡するよ」

唐木田はことさら下卑《げひ》た笑いを響かせ、終了キーを押した。

4

ルーム・チャイムが鳴り響いた。

新宿西口の高層ホテルの一室だ。ツイン・ベッドルームだった。

唐木田はソファから立ち上がった。午後十時を数分過ぎていた。人妻売春婦がやってきたのだろう。

唐木田はドアに急いだ。

ドアを開けると、十七、八の少女が立っていた。金色に染めた髪の毛はそそけ立ち、顔も真っ黒だ。アイシャドウと口紅は白い。

「部屋を間違えたようだな。子供とは友達《ダチ》づき合いしてないからね」

「おたく、中村一郎さんでしょ？」

「ああ。麗人社交クラブの娘《こ》かい？」

「うん、そう。といっても、あたしは売春《ウリ》なんかしてないけどね」

「どういうことなんだ？」

「あたしは偵察係ってわけ」

「客が危《ヤバ》いかどうかチェックしに来たわけか？」

「危《ヤバ》い奴かどうかより、金を持ってそうかどうかよね。おじさん、ちょっと腕時計を見せてくんない？」

「いいとも」

唐木田は左手を差し出した。

「インターナショナル《I》・ウォッチ《W》・カンパニー《C》のクラシカル・タイプね。ま、貧乏人じゃなさそうだな」

「おれが希望したベッド・パートナーはどこにいるんだい？」

「一階のロビーで待機してる。おじさんは一応、合格ね」

「おじさん、おじさんって、おれはまだ四十前だぜ」

「二十五歳以上の男は全部、おじさんでしょ？」

「言ってくれるな」

「五、六分したら、藤堂冴子が上がってくるわ。けど、彼女はクラブの仕事をするときは奈々《なな》って名前を使ってんの。そこんとこ、よろしく！」

「わかった」

「それからさ、おじさん、おかしな気を起こさないほうがいいよ」

少女が言った。

「どういう意味なんだ？」

「奈々さんが有名な元女子アナで人妻だってことを恐喝材料にしないほうがいいって意味よ。そんなことしたら、おじさん、コンクリート詰めにされて、海の底に沈められちゃうからね」

「麗人社交クラブは、どこの組が仕切ってんだい？」

「そんなこと言えるわけないじゃん。おじさん、ばかじゃないの？」

「愚問だったよ」

「愚問？　それ、何？　あたし、高校は二日で中退しちゃったからさ、難しい言葉はわかんないのよ。セックスに関する言葉は、いろいろ知ってるけどさ」

「そうか。どうもご苦労さん！」

唐木田は少女の言葉を遮《さえぎ》って、ドアを閉めた。

窓辺に寄って、オートカーテンのボタンを押す。夜景が見えなくなった。部屋は二十一階にあった。

唐木田はソファに腰かけ、ラークマイルドをくわえた。一服し終えて間もなく、ふたたびルーム・チャイムが鳴った。

唐木田は立ち上がり、ドアを開けた。

濃いサングラスをかけた女が奈々《なな》と名乗り、素早く部屋の中に入ってきた。バーキンの赤いバッグを提《さ》げている。白っぽいスーツ姿だ。ブラウスは砂色だった。

「顔を見せてくれないか」

唐木田は言った。女がゆっくりとサングラスを外した。紛《まぎ》れもなく藤堂冴子だった。

「やっぱり、日東テレビの元アナウンサーだったな。なんか信じられない気持ちだよ」

「こんなとこで野暮な会話はやめません？」

「そうだな」

「わたし、もうシャワーを浴びてきたの。ベッドの中でお待ちしてます」

冴子はベッドに歩み寄り、手早く服を脱ぎはじめた。

唐木田はバスルームに入り、ざっとシャワーを浴びた。腰にバスタオルだけを巻いて、ベッドに近づく。

冴子はベッドの中にいた。艶《つや》やかな白い肩が眩《まばゆ》い。

枕許には、さまざまな性具が並べられていた。バイブレーターやピンクローターのほかに、何種類かセックス・グッズが置かれている。

「お好きなグッズをお使いになって。でも、キスとクンニはやめてね。そこまで許しちゃったら、主人に悪いから」

冴子がそう言いながら、ブランケットを撥《は》ねのけた。弾みで、豊満な乳房が揺れた。

元テレビ・アナウンサーはベッドから出ると、唐木田の前にひざまずいた。せっかちにバスタオルを剥《は》ぎ、彼女は唐木田の腰に片腕を回す。

唐木田は、くわえられた。

冴子は男根《だんこん》をしごきながら、舌を使いはじめた。男の体を識《し》り抜いた舌技だった。

唐木田は瞬《また》く間にハードアップした。一瞬、脳裏に麻実の顔が浮かんだ。後ろめたさは、じきに消えた。

麻実とは男と女の関係だが、別段、将来を誓い合っているわけではない。戯《たわむ》れに娼婦を抱いたからといって、裏切りにはならないだろう。自分自身も、麻実を束縛《そくばく》する気はなかった。

冴子は狂おしげに唐木田を貪《むさぼ》ると、ベッドに横たわった。仰向けだった。

「今度は、わたしを燃えさせて」

冴子は艶然《えんぜん》とほほえみ、自ら両膝を立てた。

和毛《にこげ》は薄かった。珊瑚色《さんごいろ》の亀裂は、わずかに綻《ほころ》んでいる。花びらは大きいほうだろう。

唐木田はベッドに上がり、まずピンクローターを手に取った。

茹《ゆ》で卵を小さくしたような形で、上の半分が回転する造りになっている。電源は乾電池だ。

冴子の乳首は膨《ふく》らみ切っていた。メラニン色素は、やや濃い。

唐木田はピンクローターのスイッチを入れた。モーターの唸《うな》りは小さかった。

回転するローターの先端を胸の蕾《つぼみ》に当てると、冴子は喘《あえ》ぎはじめた。喘ぎが呻きに変わるのに、さして時間はかからなかった。

冴子は幾度も上体を反《そ》らした。

唐木田は二つの乳首を交互に震わせながら、バイブレーターを掴み上げた。スケルトン・タイプだった。

マイクロ・コンピューターが透けて見える。本体の人工ペニスの片側には、小熊を模した付属品がある。上下に振動する小熊の舌で、クリトリスを刺激するわけだ。本体部分も、くねくねと回転する。

唐木田はバイブレーターのスイッチを入れ、人工ペニスの先でクレバス全体をなぞりはじめた。左手には、ピンクローターを持ったままだった。

「焦《じ》らさないで。お願い、早く中に……」

冴子がもどかしげに訴えた。

唐木田は聞こえなかった振りをして、模造男性器を滑らせつづけた。人工ペニスがクリトリスに触れるたびに、冴子は熟《う》れた裸身を揉んだ。
二十七、八歳になっているはずだが、まだ肢体《したい》は瑞々《みずみず》しい。肌には張りがある。官能の炎が燃えさかったのか、冴子はあけすけな言葉で次の愛撫を促《うなが》した。
唐木田はピンクローターのスイッチを切り、人妻娼婦の股の間に胡坐《あぐら》をかいた。冴子の性器は、しとどに濡れそぼっている。

唐木田は性具を徐々に埋め込んでいった。

奥まで押し込むと、冴子は堰《せき》を切ったように乱れはじめた。喉の奥で母音を長く響かせ、全身をくねらせた。

唐木田はモーターの回転音に変化をつけ、冴子の官能を煽《あお》りまくった。

ほどなく冴子は、アクメに到達した。女豹《めひょう》じみた声を放ち、体を幾度もリズミカルに震わせた。

これでは、どちらが客かわからない。

唐木田は苦笑しながら、バイブレーターを引き抜いた。蜜液塗《まみ》れだった。性具のスイッチを切り、シーツの上に落とす。

その音で、冴子が夢から醒《さ》めたように上体を起こした。持参した男性避妊具の包装紙の封を切り、器用な手つきでコンドームを唐木田の分身に被せた。

「どんなスタイルがいいのかしら？」

「獣の姿勢をとってくれないか」

「わたしもバックは嫌いじゃないわ」

「それなら、ちょうどいい」

唐木田はブランケットを床に払い落とし、両膝立ちになった。冴子が四つん這いになり、ヒップを突き出した。

唐木田はワイルドに体を繋《つな》いだ。

刺し貫《つらぬ》くような挿入だった。冴子が呻いて、長い枕に顔を埋めた。

唐木田はベッド・パートナーの乳首と敏感な突起を愛撫しながら、腰を躍《おど》らせはじめた。

結合部の湿った音がエロティックだ。弾む肉の感触も悪くない。冴子は幼女のような声をあげながら、マシーンのように腰を旋回させた。

二人は、ほぼ同時に終わりを迎えた。

冴子の内奥《ないおう》はすぼまり、激しく脈打っている。まるでペニスに心臓を押し当てられているような具合だった。

唐木田は体を離すと、仰向けになった。

「あなたとは体の相性《あいしょう》がいいみたい」

冴子が上体を起こし、スキンを外した。口の部分を固く結び、ティッシュ・ペーパーで手早く唐木田の体を拭《ぬぐ》った。唐木田は短く礼を言った。

「ちょっと汗を流してきますね」

冴子が静かにベッドを降り、バスルームに消えた。

唐木田は湯の弾ける音を聞いてから、ベッドを出た。

急いで衣服をまとい、冴子のバッグの中を検《しら》べた。携帯電話を取り出し、リダイヤル・キーを押す。

電話は、冴子の実家につながった。唐木田は無言のまま、すぐに電話を切った。

バッグの中には化粧ポウチ、財布、キーホルダーなどが入っていたが、麗人社交クラブと繋がりのありそうな物は何も見つからなかった。

唐木田はソファに腰かけ、煙草を吹かしはじめた。

六、七分が流れたころ、冴子が浴室から出てきた。若草色のバスタオルを胸高に巻いていた。

冴子は唐木田に背を向けると、すぐにランジェリーと服をまとった。性具を掻《か》き集め、バッグにしまい込んだ。

唐木田は札入れから十枚の一万円札を引き抜き、おもむろに立ち上がった。

「こちらもいい思いをさせてもらったんだから、なんだかお金は貰《もら》いにくいわ。わたしが五万円、負担しましょうか？」

「いや、十万円受け取ってくれ。きれいに遊びたいんでね」

「それじゃ、いただきます」

冴子が十万円を受け取り、自分の財布の中に収めた。

「きみは育ちがいいんだな。他人《ひと》を疑うことを知らないようだ」

「それ、どういう意味なの？」

「きみが来る前に、おれはサイドテーブルの下にICレコーダーをセットしといたんだよ。さっきの情事の声は、クリアに録音されてるはずだ」

唐木田は、もっともらしく言った。実際には何も録音などしていない。

冴子が蒼《あお》ざめ、何か言いかけた。しかし、言葉にはならなかった。

「録音したものを旦那に聴かせたら、どんな顔をするかね？」

「あ、あなた、主人からお金を脅し取る気なの⁉」

「その気になれば、そういうこともできるな。しかし、目的は金じゃないんだ。麗人社交クラブのことを教えてもらいたいんだよ」

「あなた、警察の人なの⁉」

「ただの民間人さ。おれの質問に正直に答えれば、きみのスキャンダルが外部に漏《も》れることはない」

「本当に、主人やマスコミにリークするようなことはないのね？」

「きみがおれに協力してくれればな」

「あなたは何が知りたいの？」

「出張売春組織を管理してるのは、堅気じゃないはずだ。仕切ってる組織名から教えてもらおうか」

　唐木田は冴子の顔を見据えた。冴子が目を逸《そ》らした。

「きみに迷惑はかけないよ」

「断定はできないけど、麗人社交クラブのバックには関東一心会《かんとういっしんかい》がついてるんだと思うわ」

「関東一心会といったら、首都圏で四番目にランクされてる広域暴力団だな」

「ええ、そうね」

「麗人社交クラブの責任者は誰なんだ？」

「土屋喜久《つちやよしひさ》という男よ。彼は三、四年前まで小さな芸能プロをやってたんだけど、会社を潰《つぶ》してしまったの。その後、過激なＡＶなんかを制作してたんだけど、それもうまくいかなかったみたいね」

「で、出張売春でひと稼ぎする気になったわけか」

「土屋マネージャーは、ただ単に雇われてるだけなんじゃないのかな。彼の中学時代の先輩が関東一心会関根組《せきねぐみ》の幹部らしいの」

「その幹部の名は？」

　唐木田は畳みかけた。

「えーと、牛島謙吾《うしじまけんご》だったと思うわ。わたしは会ったことないんだけど、以前お客さんとトラブルがあったとき、土屋マネージャーが牛島の名前を出して、相手をおとなしくさせたことがあるから」

「土屋の自宅は？」

「六本木二丁目のマンションに住んでるわ。『六本木スカイマンション』の六〇一号よ」

「どんな奴なんだ？」

「三十七、八で、サムソン・ヘアをしてるわ。長い髪を後ろで一つに束ねてるの。それから、左の耳朶《みみたぶ》にピアスをしてる」

「出張売春組織には、どのくらいの女が所属してるんだ？」

「三十人前後だと思うわ。半分ぐらいは正真正銘の人妻だけど、残りは独身の売れないAV女優やテレビタレントなの」

「リッチマンたちしか相手にしてないんだな？」

「ほとんどは資産家ね。それから、そういう人たちの息子の相手もさせられてるの」

「客は、リピーターが多いのか？」

「たいていの客が二、三度はデリバリーを頼むんだけど、その後は、なぜだか急にお呼びがかからなくなっちゃうの。それが不思議なのよね」

冴子が低く呟いた。

「客のリストは土屋ってマネージャーが持ってるのか？」

「ええ、そうよ。わたしたちはクラブから連絡をもらって、指定されたホテルやセカンドハウスに行ってるだけなの」

「きみら女性たちの取り分は？」

「コース料金の半分よ。わたしはお金はどうでもいいんだけど、毎晩、セックスしないと、よく眠れないの」

「毎晩？」

「ええ、そう。生理中も、お休みはなしよ。男性のシンボルが人参《にんじん》みたいに赤くなって申し訳ないんだけどね。わたしって、根っからの色情狂なのかもしれないわ。うふふ」

「麗人社交クラブのことを嗅《か》ぎ回ってる男がいるって話を土屋から聞いたことは？」

唐木田は影山の死顔を思い起こしながら、元美人アナウンサーに訊いた。

「そういう話を聞いたことは一度もないわ」

「嘘《うそ》じゃないなっ」

「ええ。それより、わたしの秘密のバイトのことは絶対に口外しないでね。そうだわ、録音データを譲ってもらえないかしら？　三百万ぐらいだったら、わたしのへそくりで何とかなるから、売ってもらいたいの」

「録音音声のメモリーは売れない。一種の保険だからな」

「どうしても駄目？」

「ああ」

「困ったわ。このままじゃ、わたしも不安なのよ」

冴子が途方に暮れた顔つきで、バーキンの中から白い手帳を取り出した。豆鉛筆で何か数字を書き連《つら》ね、そのページを引き千切《ちぎ》った。

「そのメモは？」

「わたしの携帯のナンバーよ。クラブには内緒でデートをしましょ？」

「体で口止《くちど》め料を払うってことか」

「そういう意味合《いみあい》もあるけど、あなたともっと激しく愛し合いたくなったの」

「その気になったら、連絡しよう」

唐木田は小さな紙切れを受け取り、麻の上着のポケットに入れた。

「近いうちに電話を貰えると、嬉《うれ》しいな。そのときはキスもクンニもオーケーよ」

「おれのことを土屋に喋ったら、きみは旦那と暮らせなくなるぜ」

「わかってるわ。あなたのことは、誰にも話さない。約束するわ。わたしを信じてちょうだい」

冴子はサングラスで目許を隠すと、足早に部屋を出ていった。彼女のキーホルダーには、ＢＭＷのロゴ入りの鍵《キー》が掛かっていた。

ここまで、ＢＭＷを運転してきたと思われる。唐木田は一分ほど時間を遣《や》り過ごしてから、急いで部屋を出た。

エレベーター・ホールまで大股で歩く。

すでにホールには冴子の姿はなかった。エレベーターは三基あった。

唐木田はエレベーターで地下の駐車場に降りた。

ドルフィンカラーのＢＭＷがスロープに向かっていた。ステアリングを握っているのは、冴子だった。左ハンドルの5シリーズだ。

唐木田は爪先《つまさき》に重心をかけて、自分の車に駆け寄った。すぐにレクサスを発進させる。

早くも冴子の車は、高層ホテルの外に出ていた。十一時を回っているせいか、車の量はそれほど多くない。

ＢＭＷは、ほどなく視界に入ってきた。

唐木田は充分な車間距離を保《たも》ちながら、冴子の車を慎重に尾行しはじめた。冴子が土屋と接触する可能性もあると踏んだのだが、ＢＭＷは甲州街道を走りつづけた。

やがて、マークしたドイツ車は世田谷区内の邸宅街に入った。車が吸い込まれたのは、豪邸だった。

唐木田は冴子が家の中に入ってから、豪邸の前にレクサスを停めた。立派な表札には、冴子の夫の野球選手の姓が彫《ほ》り込まれている。

唐木田は無駄骨を折ったことを苦く悟《さと》り、車を六本木二丁目に向けた。

土屋の自宅マンションを探し当てたときは、もう日付が変わっていた。

『六本木スカイマンション』は九階建てだが、かなり古かった。南欧風の白い外壁は、だいぶ煤《すす》けている。

唐木田はマンションのアプローチの近くに車を停めた。

オートロック・システムの玄関ではなかった。管理人室も見当たらない。

唐木田は居住者のような顔をして、堂々とエントランス・ロビーに入った。エレベーターで六階に上がる。

六〇一号室は暗かった。

土屋はもう寝てしまったのか。唐木田はそう思いながら、インターフォンのボタンを強く押した。

なんの応答もない。

また、インターフォンを鳴らす。やはり、室内で人の動く気配は感じられなかった。どうやら麗人社交クラブのマネージャーは、まだ帰宅していないらしい。

唐木田は踵《きびす》を返した。

車の中で、しばらく張り込むつもりだった。

第二章　怪しい企業舎弟

1

生欠伸《なまあくび》が止まらない。

頭の芯《しん》も重かった。明らかに、寝不足だった。

唐木田は喫《す》いさしの煙草の火を消した。

自宅マンションの居間である。夜が明けるまで土屋のマンションの前で張り込んでみたのだが、ついにマークした人物は帰宅しなかった。

唐木田は長椅子に寝そべった。

少しまどろむ気になったのだ。まだ午前十一時前だった。唐木田は起き上がって、玄関に急いだ。

うとうとしかけたとき、インターフォンが鳴った。唐木田は起き上がって、玄関に急いだ。

来訪者は、宮脇智絵と高辻哲司だった。

唐木田は二人を居間に請《しょう》じ入れ、コーヒーを淹《い》れた。向かい合うと、智絵がスクラップブックを取り出した。

「きのう、宗範さんの机の中を見せてもらったんですが、取材ノートの類《たぐい》はありませんでした。その代わり、このスクラップブックが見つかったんです」

「ちょっと拝見させてください」

唐木田はスクラップブックを手に取った。

新聞の切り抜きは、三枚だった。

一枚目のスクラップには、衣料スーパーの経営者だった五十代の男が自宅で感電自殺したことが報じられている。自殺の動機は事業不振らしいと書いてあった。

次の記事は、多摩市の大地主の長男が両親を殺害したあと、自宅の庭で焼身自殺を遂げたことを報じている。尊属殺人に走った二十六歳の青年は大学在学中に対人恐怖症に罹《かか》り、その後は自室に引きこもる生活をつづけていたという。

三枚目の記事は、元AV女優の転落死を伝えるものだった。彼女はヒールの高いブーツを履《は》いていて、歩道橋の階段から転げ落ちてしまったらしい。

「わたし、三枚のスクラップ記事を何度も読み返してみたんです。でも、それぞれ別に繋がりはないようなんです」

智絵が唐木田に語りかけてきた。

「確かに関連はなさそうだね。しかし、影山ちゃんは三つの記事を一カ所にまとめている。ということは、なんらかの繋がりがありそうだな」

「そうなんでしょうか。三つの事件や事故は今年に入ってから起こってますけど、特に共通項はないとしか思えないんですよね」

「少し調べてみましょう。このスクラップ、しばらく預からせてもらってもいいですか？」

「はい、どうぞ。宗範さんのお母さんには、唐木田さんが独自に犯人捜しをしてくださるという話をしてありますので」

「そうですか。お二人とも、コーヒーをどうぞ」

唐木田はスクラップブックを閉じ、ラークマイルドに火を点けた。そのすぐあと、高辻が口を開いた。

「ぼくが宮脇さんと一緒にお邪魔したのは、影さんがいつも持ち歩いてた革のショルダーバッグが彼の部屋にないことに気づいたからなんです」

「そういえば、影山ちゃんはいつも茶色のショルダーバッグを肩から提《さ》げてたな。だいぶ色の褪《あ》せたバッグだよね？」

「そうです、そうです。彼はフリーになって初めて貰《もら》った原稿料でバッグを買ったとかで、とても大事にしてたんですよ。あのバッグの中には、取材ノート、デジタルカメラ、ＩＣレコーダー、原稿用箋《ようせん》なんかを常に入れてあったんです」

「影山ちゃんを轢《ひ》き殺した犯人が、そのショルダーバッグを奪った疑いがあるんじゃないかということだね？」

「ええ。そうじゃないとしたら、影さんが取材ノートやICレコーダーを奪われることを恐れて、ショルダーバッグをどこかに隠したんでしょうね。たとえば、駅や大型スーパーのコインロッカーの中とかに」

「遺品の中に、コインロッカーの鍵《かぎ》はあったのかな？」

唐木田は智絵に顔を向けた。

「いいえ、ありませんでした。もしかしたら、犯人が宗範さんを車で撥《は》ねたあと、彼のポケットを探《さぐ》ってコインロッカーの鍵を盗んだのかもしれませんね」

「いや、それはないと思う。わたしは派手な衝突音を耳にして、すぐ表に飛び出したんだ。スカイラインのドライバーは、車を降りた様子はありませんでしたよ」

「そうなんですか。それなら、宗範さんは轢き殺される前に、別の場所で犯人にショルダーバッグを奪われたのかもしれないわ」

「それは考えられるね。犯人は影山ちゃんの取材ノートに目を通して、身の破滅を感じ取った。それで、彼の殺害を思い立った……」

「ええ、そうですね」

「そうなのかもしれないな」

高辻が口を挟《はさ》んだ。

唐木田は短くなった煙草の火を揉《も》み消し、どちらにともなく問いかけた。

「これから、金沢の影山ちゃんの実家に向かわれるのかな?」

「はい、高辻さんと一緒に」

智絵が答えた。

「亡骸《なきがら》は?」

「今朝《けさ》早くお母さんと一緒に金沢に搬送《はんそう》されていきました」

「そう。二人とも一睡もしてないんでしょ?」

「ええ」

「よかったら、ここで二、三時間仮眠をとっていかれたら?」

「ありがとうございます。でも、眠れないでしょうから、この足で金沢に向かいます」

「そうですか。わたしは金沢には行けませんが、影山ちゃんのお母さんによろしくお伝えください」

唐木田は軽く頭を下げた。

智絵と高辻が腰を上げた。二人が辞去すると、唐木田は藤堂冴子の携帯番号を鳴らした。

冴子は、すぐに電話口に出た。

るの？」

「あら、嬉《うれ》しい！　こんなに早く電話をいただけるなんて思ってもなかったわ。わたし、いつでも出られます。主人は明後日《あさって》まで、福岡なの。昨夜《ゆうべ》のホテルにいらっしゃるの？」

「いや、もうホテルは引き払ったんだ。実は訊《き》きたいことがあって、きみに電話したんだよ」

　唐木田はスクラップブックを引き寄せ、感電自殺を遂げた衣料スーパー経営者の記事に目を落とした。

「何をお知りになりたいの？」

「古賀周造《こがしゅうぞう》って名に聞き覚えはあるかい？　衣料スーパーをやってた五十六歳の事業家だったんだが、この春に成城の自宅で感電自殺してしまったんだ」

「その方は、麗人社交クラブのお客さんだわ」

「やっぱり、そうだったか。きみはパートナーに選ばれたことがあるのか？」

「ええ、一度だけね。紳士然とした方だったけど、厭《いや》な客だったわ」

「サディストだったのか？」

「ううん。乱暴なことはしなかったんだけど、ちょっと変態っぽかったな。わたしの足の指を粘《ねば》っこく舐《な》めながら、男性自身をいじってたの」

「一種の足フェチなんだろう」

「ええ、多分ね。それから彼は、わたしのおしっこも飲みたがったの。飲ませてくれたら、一千万円あげるって、ビジネスバッグから小切手帳を取り出したのよ。あのときは、びっくりしたわ。もちろん、丁重にお断りしましたけどね」

「その後、古賀からの指名はなくなったんだな？」

「ええ。でも、スペシャル・コースを専門にこなしてた元ＡＶ女優を二、三度、ホテルにデリバリーさせてたようだったわ。その娘《こ》、ＳＭビデオに何本も出てたんで、変態プレイにはさほど抵抗はなかったみたいよ。ミミって源氏名を使ってたんだけど、もうこの世にいないの」

「いつ死んだんだい？」

「四月の末だったかしら？　都庁の近くの歩道橋の階段を踏み外して、首の骨を折っちゃったのよ。西新宿のホテルでひと仕事して、明け方、ミミちゃんはひとりで新宿駅に向かってたらしいの。土屋マネージャーから聞いた話なんだけど、ミミって娘《こ》は二十歳《はたち》そこそこなのに締まり屋さんで、めったにタクシーなんか使わなかったそうよ。早くお金を貯《た》めて、何か水商売をやるつもりだったみたいね」

冴子が長々と喋《しゃべ》った。

唐木田は三枚目の新聞の切り抜きに目をやった。転落死した浜中綾《はまなかあや》は、ちょうど二十歳だった。職業は無職と書かれている。

「ミミの本名は?」

「本名までは、わからないわ。わたしたちクラブの女性は一カ所で客待ちをしてるわけじゃないから、誰とも直《じか》に顔を合わせたことはないの。ただ、お喋りなお客さんは遊んだ相手のことを話題にしたりするから、自然と同僚のデリバリー・コンパニオンの噂《うわさ》が耳に入ってくるわけ」

「なるほどな。ところで、波多野淳《はたのじゅん》って名に記憶は?」

唐木田は訊《たず》ねた。

「波多野って姓のお客さんはいなかったと思うわ。どんな男性なの?」

「対人恐怖症とかで、自分の部屋に引きこもってた二十代の男だよ。そいつの父親は、多摩市の大地主だったらしいんだ」

「いまは、落ちぶれちゃってるのね?」

「いや、息子の淳に女房ともども殺されちまったんだ。犯人自身も、自宅の庭で頭からガソリンをぶっ被って、焼身自殺を……」

「悲劇ねえ。わたしも引きこもりの男性の相手をしたことあるけど、なんだか薄気味悪かったわ。その相手は三十過ぎだったんだけど、まともな会話ができないの。ひたすらセックスに励むだけでね。彼の母親が麗人社交クラブのホームページを見て、デリバリーの注文をしたんだって」

「そうか」

「ね、明日の都合はいかが？　あなたとは、本気でもう一度会いたいと思ってるの」

冴子の声は鼻にかかっていた。

「明日は予定があるんだ」

「気が向いたときでいいから、本当に連絡して」

「考えておこう」

唐木田は電話を切り、推測しはじめた。

感電自殺した古賀と両親を殺害して自らも命を絶った波多野は、出張売春婦と遊んだスキャンダルを麗人社交クラブの関係者に恐喝材料にされ、全財産を搾《しぼ》り取られてしまったのではないか。クラブの背後には、関東一心会が控えている。

追いつめられた古賀と波多野が自暴自棄《じぼうじき》になったとしても、少しも不思議ではない。

しかし、ありきたりのセックス・スキャンダルで、そこまで絶望的な気持ちになるものだろうか。その点が腑《ふ》に落ちなかった。

古賀と波多野はスペシャル・コースを選び、変態プレイを娯《たの》しんだのかもしれない。

その情事は、こっそりビデオで盗撮されていたのではないか。

ビデオカメラを仕掛けたのは、ミミこと浜中綾なのだろうか。元ＡＶ女優は利用だけされて、巧みに殺害された可能性もある。

ヒールの高いブーツを履いていたら、後ろから軽く押されただけでも足を踏み外してしまうだろう。それなら、警察は事故死と処理するにちがいない。

ミミが転落したのは、明け方である。近くに人けはなかったと考えられる。元ＡＶ女優が殺された可能性は否《いな》めない。

ノンフィクション・ライターの影山は、一見まるで脈絡もなさそうな三つの出来事の接点を見出《みいだ》したのではないのか。さらに取材を進めていくと、恐るべき陰謀にぶち当たった。

そう考えれば、影山が抹殺されたことの説明もつく。

死んだ古賀周造や波多野一家の周辺を洗えば、何か新たな手がかりを摑《つか》めそうだ。

唐木田は外出の支度をし、スクラップブックを手にした。地下駐車場でレクサスに乗り込み、世田谷区成城に向かう。

感電自殺した古賀の自宅は、閑静な住宅街の一画にあった。豪壮な邸宅だが、人のいる気配はうかがえない。

門柱には、管財人の名で立ち入りを禁ずる告知板が掲《かか》げられている。

古賀邸の前にたたずんでいると、ゴールデン・レトリバーを散歩させている上品な老紳士がやってきた。唐木田は会釈《えしゃく》して、七十年配の男に話しかけた。

「失礼ですが、この近所にお住まいの方でしょうか？」

「はい。古賀さんのお宅の斜め裏に住んでます。あなたは？」

「古賀さんのちょっとした知り合いの者です。古賀さんのお邸《やしき》は、どうなったんでしょう？」

「詳しいことはわかりませんが、近く競売にかけられるという噂ですよ。ご主人が亡くなられて間もなく、奥さんと二人の娘さんは伊豆かどこか山の中に引っ越されたようです」

老紳士が気の毒そうに言った。

大型犬は飼い主の足許にうずくまり、舌を出して喘《あえ》いでいる。太陽は頭上でぎらついていた。

「それは知りませんでした。古賀さんの衣料スーパーは、ずっと黒字経営だったはずですがね」

「近所の噂だと、古賀さんはベンチャー企業に巨額を投資されたようですよ。それがうまくいかなかったとかで、本業の経営にも支障が出て、持ち株をすべて他人に譲渡せざるを得なくなったみたいですね。その上、自宅まで銀行に取られてしまったというんですから、人間、一寸先は闇《やみ》です」

「そんなことがあったんですか。古賀さんが自殺されたという話は昔の知人から聞いてたんですが、その当時、わたし、アフリカで地質調査中で帰国できなかったんですよ」

唐木田は出まかせを口にした。

「そうですか」

「古賀さんは、なんというベンチャー企業に投資されたんでしょう?」

「そういう細かい点は、わたしらにはわかりません。ご近所といっても、このあたりは昔から深いおつき合いはしてませんのでね」

老紳士が答えた。

そのとき、焦《じ》れたゴールデン・レトリバーがのっそりと立ち上がった。

「ごめん、ごめん。こう暑くちゃ、日陰に入りたいよな」

唐木田は犬に詫《わ》び、老紳士に礼を述べた。老紳士は愛犬に引っ張られ、ゆっくりと遠ざかっていった。

唐木田は車の中に戻り、今度は多摩市に向かった。

波多野邸に着いたのは、午後二時過ぎだった。

邸宅は多摩ニュータウンを一望できる丘の上にあった。敷地は優に三千坪はありそうだった。庭木が多い。

唐木田は車ごと邸内に入り、料亭のような造りの家屋の呼び鈴を鳴らした。ややあって、三十前後の女性が現われた。

「多摩中央署の中村です」

唐木田は模造警察手帳を短く呈示《ていじ》した。彼は十数種の身分証や偽名刺を持ち歩き、必要に応じて使い分けていた。

相手の顔に緊張の色がさした。

「弟の淳が引き起こした事件のことで、また、何か？」

「淳君のお姉さんでしたか」

「はい、今日子《きょうこ》といいます。父母と弟があんなことになってから、夫と一緒にこちらに住むようになったんです。主人は次男坊ですので」

「そうですか。実は弟さんの事件は落着済みなんですが、本庁の組織犯罪対策部第四課から新情報が入ったんですよ」

「新情報というのは？」

「はっきり申し上げましょう。淳さんが出張売春組織に強請《ゆす》られてたのではないかというんですよ。組対《そたい》四課の話だと、麗人社交クラブがセックス・スキャンダルを種《ネタ》に億単位の金を脅し取ったはずだと……」

唐木田は鎌《かま》をかけた。今日子は、明らかに狼狽《ろうばい》していた。

「どうなんでしょう？」

「弟は、もう死んでしまったんです。死者の名誉を傷つけるようなことはやめてください」

「おっしゃる通り、事件のことを蒸し返せば、弟さんの名誉を傷つけることになるでしょう。しかし、お姉さん、考えてみてください。弟さんを凶行に走らせたのは、悪い連中かもしれないいんですよ。誰が自分の父母を好き好んで手にかけます?」

「………」

「悪い奴らがいなかったら、淳君だって、両親を殺さずに済んだでしょう。そして、自分も哀れな最期《さいご》を遂げなくてもよかったはずです。そうは思いませんか?」

唐木田は諭《さと》した。すると、今日子が上がり框《がまち》に泣き崩れた。唐木田は、今日子が泣き熄《や》むまで黙っていた。

数分すると、今日子の涙は涸《か》れた。

「いったい何があったんです? 話していただけますね。あなたの大事なご両親や弟さんを不幸にした悪党どもをのさばらせておくのは罪ですよ」

「わかりました。わたしが知っていることは、すべてお話しいたします。弟はインターネットで麗人社交クラブのことを知って、両親が泊まりがけの旅行に出かけた晩にデリバリー・コンパニオンをここに呼んだようです」

「それで?」

「恥ずかしい話なんですが、弟には少しサディズムの傾向があったみたいなんです。相手の女性の手脚《てあし》を犬用の鎖《くさり》で縛り上げて、ナイフをちらつかせながら、行為に及んだというんです。相手の女性は自分のバッグの中にレンズが二ミリというCCDカメラを仕込んでたらしいんです」

「その淫《みだ》らな映像を恐喝材料にされたんですね？」

「はい。弟は最初っから罠《わな》に嵌《は》められたんだと思います。それはそれとして、弱みを握られてしまったわけですから、どうしようもありません。数日後に土屋と名乗る男から父に電話があって……」

「口止め料を要求されたんですね？」

「いいえ、そうじゃないんです。父は、息子のスキャンダルを公《おおやけ》にされたくなかったら、あるベンチャー企業に一億円ほど投資しろと言われたそうなんです」

「新手《あらて》の恐喝だな」

「そうだったようです。父と母は相談の結果、相手の要求を呑《の》んだんです。土屋という男は一億円の小切手を受け取っても、預かり証も書こうとしなかったというんです。父がそのことを言うと、にやついて弟の姿が映ってるビデオを観《み》せたらしいんです。それで、父は何も言えなくなってしまったようです」

「悪辣《あくらつ》だな、やり方が」

唐木田は憤《いきどお》った。

「そんなことがあって、半月が過ぎたころ、今度は土地を処分してでも、五億円を投資してくれと先方が言ってきたんです。さすがに父はもう黙っていられないと、弟と一緒に警察に行く気になったんです。母も、父の考えに賛成しました。しかし、弟が……」

「ご両親の説得に応じなかったんですね？」

「ええ、そうです。弟は、みっともない思いをしたくなかったんでしょう。父母に泣いて五億円を用意してくれと頼んだんですが、逆に両親から叱《しか》られてしまったんです」

「で、ご両親を逆恨《さかうら》みして、凶行に走ってしまったわけか」

「そうです。弟は子供のころから、わがまま一杯に育ってきましたんで、父母に見放されたと感じてしまったんでしょうね」

「巨額の投資を強要されたベンチャー企業というのは？」

「赤坂五丁目にオフィスを構えてる『マジカル・エンタープライズ』というインターネット関連会社だったと思います。土屋という男は今秋にも『マジカル・エンタープライズ』が東証のマザーズに店頭公開予定だから、投資しても絶対に損はさせないと強調したそうです」

今日子が言って、ハンカチで目頭を押さえた。

マザーズは東証に開設されたベンチャー企業向けの株式市場である。現在は、ＩＲＩ、クレイフィッシュ、サイバーエージェント、リキッドＡＪなど八銘柄しかない。開設当初は公募価格を大幅に上回る水準を保《たも》ち、個人投資家まで熱い目を注ぎ、ネットバブルを煽《あお》る形になった。

その結果、まだビジネスが軌道に乗っていない銘柄にも、何千万円という株価がついた。しかし、最近では乱高下《らんこうげ》を繰り返している。

「弟さんの相手をした娘の名前はわかりますか？」

「確かミミとかいう名前だったと思います」

「とても参考になりました。再捜査で悪党どもの全貌《ぜんぼう》が明らかになりましたら、改めてご報告に上がるつもりです」

「刑事さん、悪い奴らを懲《こ》らしめてください」

「力を尽くします。ご協力、ありがとうございました」

唐木田は広い玄関を出て、レクサスに乗り込んだ。

ミミは土屋の片棒を担《かつ》いでいるうちに、欲が出たようだ。そして、分け前の一部を要求したのだろう。

土屋は逆上し、ミミを階段から突き落としたのかもしれない。あるいは、第三者にそれを代行させたとも考えられる。どちらにしても、麗人社交クラブの責任者を痛めつける必要がある。

唐木田は車を六本木に向けた。

2

喉《のど》の渇《かわ》きが募《つの》った。

唐木田は減速し、舗道に目をやった。

数十メートル先に、缶ジュースの自動販売機があった。

六本木通りである。午後四時過ぎだった。

唐木田はレクサスを自動販売機の前に停めた。車を降り、缶コーラを買う。

その場で立ち飲みした。冷えたコーラで喉を潤《うるお》すと、生き返ったような心地だった。

車に戻りかけると、ハンズフリー装置の上で携帯電話が鳴った。電話をかけてきたのは、ホームレス刑事だった。

「ちょうどよかった。あとでガンさんに電話しようと思ってたんだ」

「何か動きがあったようだね」

「そうなんだ」

唐木田は経過をかいつまんで話した。

「その『マジカル・エンタープライズ』は、関東一心会関根組の企業舎弟《フロント》だよ」

「やっぱり、そうだったか」

「おれが赤坂署で暴力団係《マルボウ》をやってた五年前には、資産価値の下がったオフィスビルを買い漁《あさ》って、台湾の実業家に転売してたんだが、いまはネットビジネスをやってやがるのか」

　岩上が言った。

「ネットビジネスで瞬《また》く間《ま》に時価総額数十兆円の富を得たベンチャー起業家が何人もいるから、目端《めはし》がきく経済やくざなら、当然、参入する気になるだろう」

「そうだな。『マジカル・エンタープライズ』の社長をやってる男は、有名私大の商学部出だから、経済界の動きにゃ敏感なはずだ」

「社長は、どんな奴なんだい？」

　唐木田は訊いた。

「大杉尚弘《おおすぎなおひろ》は関東一心会関根組を七年前に脱《ぬ》けたことになってるが、そいつは偽装だろうな。いまも関根組の若頭補佐を務めてるにちがいない」

「大杉は、いくつぐらいなんだい？」

「四十七、八だよ。一見、商社マン風なんだ。着てるものだって、決して派手じゃない。言葉遣《づか》いも丁寧なんだ。けどさ、ちょっとした仕種《しぐさ》や目の配り方が堅気とは違うんだな。見る人が見りゃ、裏社会の人間だと見抜けるね」

岩上が言った。

「そうだろうな。これから、麗人社交クラブの運営を任されてる土屋のマンションに行って、少し締め上げてみるつもりなんだ」

「親分、ひとりで大丈夫かい？　その土屋って野郎のことは知らないが、素っ堅気じゃないはずだ。懐に刃物《ヤッパ》か拳銃《ドウグ》を呑《の》んでるかもしれないぜ。職務中だが、おれも六本木に回ろう」

「ガンさん、心配ないって。おれはガンさんみたいに沖縄空手の有段者じゃないが、いつも車のグローブボックスの中にアイスピックを二、三本入れてあるんだ」

「親分のアイスピック投げはみごとだが、銃弾の速《はや》さにゃかなわねえぜ」

「なんとか切り抜けるさ。ガンさんは、職務に精出してくれよ。何かあったら、救《たす》けてもらう」

唐木田は通話を打ち切って、レクサスの運転席に入った。

ふたたび車を走らせはじめる。六本木交差点を通過し、六本木二丁目に入る。氷川神社方向に少し進むと、『六本木スカイマンション』が見えてきた。

唐木田はマンションの斜め前に車を停め、グローブボックスの中からアイスピックを二本摑《つか》み出した。どちらも腰のベルトの下に差し込み、車を降りる。

陽《ひ》は傾きはじめていたが、まだ暑かった。

唐木田はマンションの中に入り、エレベーターで六階に上がった。

六〇一号室の玄関ドアに耳を押し当てる。ラップ・ミュージックが響いてきた。土屋は部屋の中にいるようだ。

唐木田はインターフォンのボタンを押した。

ややあって、スピーカーから若い女の声が流れてきた。土屋の愛人だろうか。

「宅配便です」

唐木田は作り声で言い、玄関ドアの横の壁にへばりついた。ドア・スコープからは見えない場所だった。

室内で、走る足音がした。唐木田はアイスピックを一本引き抜いた。

青いスチール・ドアが開けられた。

唐木田は玄関の三和土《たたき》に身を滑り込ませた。玄関マットの上に立っているのは、前夜、ホテルの部屋に偵察に現われた小娘だった。

だぶだぶのプリントTシャツに、下は白っぽいショートパンツだ。腿《もも》は陽に灼《や》けて、トーストカラーだった。

「お、おたく、奈々さんをオーダーした男性《ひと》じゃん」

「土屋と同棲《どうせい》してるのか？」

「時々、泊めてもらってるだけ。あたし、家出《ヤサグレ》してんのよ」

少女が言った。ひどく乾いた口調だった。

「土屋は？」

「いないよ。ちょっと出かけてくるって、一時間ぐらい前に出ていった」

「それじゃ、待たせてもらおう」

「それ、まずいよ。あたし、ただの留守番だからさ。出直してくんない？」

「いや、待たせてもらう」

唐木田は少女の細い腕を掴み、土足で玄関ホールに上がった。

「おたく、何者なのよっ」

「刑事じゃないから、安心しろ」

「やくざでもないよね？」

少女が確かめるように訊いた。唐木田はアイスピックの先を少女の脇腹に突きつけ、奥まで歩かせた。

1LDKだった。LDKの右側に、十畳ほどの寝室があった。寝室のドアは半開きだった。寝乱れたダブルベッドが見える。

エア・コンディショナーはほどよく利いていた。ベランダ側のサッシ戸には白いレースのカーテンがかかっている。

「こいつで体に穴を開けられたくなかったら、おとなしくパンティーだけになるんだ」

　唐木田は居間で小娘に言った。

「マジなの⁉　あたし、売春《ウリ》なんかやってないよ」

「いいから、言われた通りにするんだ」

「あたしをレイプする気なんだ。そうなんでしょ？」

「子供を犯すほど女にゃ不自由してない。きみをパンティー一枚にさせるのは、逃げられちゃ困るからさ」

「つまり、あたしを人質に取るってわけ？」

「ま、そんなとこだ」

「この夏は、なんかツイてないなあ」

　少女はぼやきながら、プリントTシャツを脱いだ。ノーブラだった。乳房は小ぶりだ。

　ショートパンツも足許に落とされた。パンティーは淡い水色だった。

　唐木田は布張りのソファに小娘を腰かけさせた。

「なんて名なんだ？」

「本名は言いたくないわ。エマって呼んでよ」

「いいだろう。ここは、麗人社交クラブの事務所になってるんだな？」

「そう。あのパソコンを使って、土屋さんが客を集めてんの」

エマがベランダ寄りに置かれたパーソナル・コンピューターを指さした。

「客からの電話もここで受けてるのか？」

「麻布十番にあるワンルーム・マンションに三台の電話転送機が置いてあって、それを経由して土屋さんの携帯に繋がるようになってるんだって。あたしは、電話転送機は見たことないの。客の下見をして、小遣い貰ってるだけだからね」

「土屋は関東一心会関根組の組員なのか？」

唐木田は問いかけ、エマと向き合う位置に腰かけた。エマは胸を隠そうともしなかった。羞恥心《しゅうちしん》の欠片《かけら》もないのだろう。

「彼はヤーさんじゃないわ。いろいろ事業に失敗したんで、出張売春クラブをやってるだけみたいよ」

「組関係者と繋がってるはずだ。関根組の誰かが、この部屋に出入りしてるんだろ？」

「ここにヤーさんらしい男が来たことは一度もないよ。もし関根組の人とつき合ってるとしたら、土屋さん、外で会ってんじゃない？」

「ま、いい。きみは、この部屋で億単位の小切手や現金を見たことあるか？」

「ううん、一度もない。土屋さん、恐喝《カツアゲ》か何かやってんの？」

「きみには関係のない話さ」

「それはそうだけどね。ね、煙草喫《す》ってもいい？」

「好きにしろ」

唐木田は脚《あし》を組んだ。

エマが腰を浮かせて、サイドテーブルの上のアメリカ煙草とライターに片腕を伸ばした。次の瞬間、彼女は玄関に向かって走りだした。逃げる気になったのだろう。

唐木田は慌《あわ》てなかった。

的《まと》を少し外して、アイスピックを投げ放った。アイスピックはエマの頭上を駆け抜け、居間の仕切りドアの枠《わく》の部分に突き刺さった。

エマが悲鳴を放ち、立ち竦《すく》んだ。

唐木田は勢いよく立ち上がり、エマの前に回り込んだ。アイスピックを引き抜き、エマを睨《にら》む。

「その気になれば、きみの首にアイスピックを埋めることもできたんだ」

「怒らないで。あたし、怕《こわ》くなっちゃったのよ。悪かったわ」

「今度逃げたら、血を流すことになるぞ」

「もう逃げないよ。約束するわ。だから、勘弁して」

エマは言いながら、パンティーを足首まで一気に下げた。恥毛は黄金色に染められていた。

「なんの真似だ？」

「あたしを抱いてもいいよ。これ、お詫びのつもり……」

「パンティーをちゃんと穿《は》け。小娘にゃ興味がない」

「確かに小娘かもしれないけどさ、あたし、百人以上の男とセックスしたんだよ。だから、どこをどうしてやれば、男たちが気持ちよがるか知ってる。おフェラだって、みんなに上手だって言われてるわ」

「下着を引っ張り上げて、ソファに戻るんだっ」

唐木田は語気を荒らげた。

エマが頬《ほお》を膨らませ、言われた通りにした。

それから十五分ほど経《た》ったころ、玄関で物音がした。唐木田はソファから立ち上がり、エマを居間の物陰に引きずり込んだ。

待つほどもなく、サムソン・ヘアの男が居間に入ってきた。

片方の耳朶《みみたぶ》にはピアスを光らせている。スカイブルーの開襟シャツの胸許から、ゴールドの首飾りが覗《のぞ》いていた。

「エマ、そいつは誰なんだ⁉」

「土屋喜久だな？」

唐木田は訊いた。

「な、なんで、おれの名前を知ってるんだよっ」

「ゆっくり床に腹這《ば》いになってもらおうか」

「ふざけんな！」

土屋が躍《おど》りかかってくる素振りを見せた。

唐木田はアイスピックを投げつけた。狙ったのは、右の太腿だった。アイスピックは数センチ埋まった。

「て、てめーっ」

土屋が唸《うな》りながら、片膝を床についた。

唐木田は踏み込み、膝頭で土屋の顎《あご》を蹴《け》り上げた。

土屋が尻から落ち、仰向けに引っくり返る。無様《ぶざま》な恰好《かっこう》だった。

すかさず唐木田はのしかかり、素早くアイスピックを引き抜いた。先端は鮮血に染まっていた。

「きみは寝室に入れ。ドアをちゃんと閉めて、耳を塞《ふさ》いでろ」

唐木田はエマに大声で命じ、アイスピックの先を土屋の喉に当てた。

土屋の眼球が恐怖で盛り上がった。

エマがプリントTシャツとショートパンツを拾い上げ、あたふたと寝室に走り入った。ドアは、すぐに閉ざされた。

「麗人社交クラブはリッチな客たちを罠に嵌めて、ベンチャー企業に出資することを強要してるなっ」

唐木田は声を尖《とが》らせた。

「な、何を言ってるんだ？　うちのクラブは健全な社交クラブだぜ」

「白々しいことを言うな。麗人社交クラブが資産家たちを対象にした出張売春組織だということはわかってるんだっ。それから、おれは成城の古賀が住んでた邸《やしき》に行き、多摩市の波多野家も訪ねた。それだけ言えば、もう充分だろうが」

「古賀？　波多野だって？　どっちも聞き覚えがないな」

土屋が空とぼけた。

唐木田は口の端を歪《ゆが》め、土屋の左腕にアイスピックを深々と沈めた。二の腕の部分だった。

土屋が歯を剝《む》き、凄《すさ》まじい唸り声を放った。

唐木田はアイスピックを左右に動かした。土屋が白目を晒《さら》し、断末魔の叫びに似た声を轟《とどろ》かせた。

寝室のドアが開き、エマが恐る恐る問いかけてきた。

「土屋さんを殺しに来たの？」

「殺しに来たわけじゃない。おれは、この男と友達になりたいと思ってるだけさ」

「冗談、少しきついと思うな。土屋さん、痛がってるじゃないの。だから、もう赦《ゆる》してやってよ」

「きみは引っ込んでろ」

唐木田はエマを怒鳴りつけた。エマが怯《おび》え、焦《あせ》ってドアを閉めた。

「波多野淳と変態プレイをしたミミ、つまり浜中綾にCCDカメラを持たせたな。そして、おまえは淫らな映像を波多野淳の父親に観《み》せ、一億円の小切手をせしめた。そのあと五億円を要求したこともわかってるんだっ」

「………」

土屋は何も答えなかった。

「衣料スーパーを経営してた古賀周造からは、何十億も引っ張り出したはずだ。いや、百億を超えてたのかもしれない。感電自殺した古賀は自宅まで銀行に差し押さえられちまったんだからな。おい、なんとか言え！」

「あんた、いったい何者なんだ⁉」

「返事をはぐらかす気なら、おまえの目玉を串刺《くしざ》しにして、抜き出してやるぜ」

「本気かよ⁉　威《おど》しだよな？」

「威しだと思ってりゃいいさ」

唐木田はアイスピックを荒っぽく引き抜き、土屋の顔面に近づけた。血の雫《しずく》が雨垂れのように鼻柱や頬に滴《したた》り落ちた。

「やめろ！　やめてくれーっ」

土屋が両方の瞼《まぶた》をきつく閉じ、顔を横に振った。

「やっと喋る気になったらしいな。古賀には、いくら出させたんだ？」

「はっきり憶《おぼ》えてないが、総額で四十億ぐらいは……」

「古賀のベッド・パートナーを務めたのは、ミミだなっ」

「そうだよ。古賀はミミの陰毛を剃《そ》ったり、大事なとこに生きたままの熱帯魚を何匹も突っ込んだんだ。ビデオで隠し撮りされてるとも知らずに、やりたい放題だったよ。ふつうのセックスなら、それほど焦《あせ》らなかったんだろうが、変態プレイだったからね。古賀は、こっちの言いなりだったよ」

「罠に嵌《は》めたリッチマンは全部で何人いるんだ？」

「百二、三十人だったと思うよ」

「おまえがすべて集金したのか？」

「おれが脅しをかけたのは、十人前後だよ。あとは、すべて……」

「そいつの名を言わないと、ほんとうに片目を潰《つぶ》すぞ」

唐木田はアイスピックの先端で、右の上瞼を軽くつついた。

「言う、言うよ。関東一心会関根組の牛島謙吾さんだよ」

「そいつは幹部なのか？」

「ああ、舎弟頭だからね。おれは牛島さんに頼まれて、麗人社交クラブの雇われ責任者をやってるだけなんだ。絵図を画《か》いたのは、牛島さんなんじゃないのかな？」

「いや、そうじゃないだろう。シナリオを練ったのは、『マジカル・エンタープライズ』の大杉尚弘にちがいない」

「あんた、そんなことまで知ってんのか⁉」

「ほかにも、いろいろ知ってるぜ。ノンフィクション・ライターの影山宗範という男が麗人社交クラブの周辺を嗅《か》ぎ回ってたはずだ。彼を無灯火のスカイラインで轢き殺したのは、おまえじゃないのか？」

「おかしなことを言うなよ。おれは、影山なんて奴のことはまったく知らないんだ。嘘《うそ》じゃない」

「さあ、どうかな？」

「また、刺す気なのか⁉」

土屋が目を大きく開けた。

唐木田は土屋の左の鎖骨《さこつ》の下を浅くアイスピックで刺した。土屋が呻《うめ》いて、痛みを訴えた。

「もう一度、同じ質問に答えてもらおうか」

「そんなライターのことは、ほんとに知らない。信じてくれよ」

「まあ、いいだろう。ついでに、ミミのことも教えてもらおうか。歩道橋の階段から転落した浜中綾は足を踏み外したんじゃないな？」

「えっ」

「ミミは誰かに背中を強く押されたために、転げ落ちたんじゃないのか。おれは、おまえがミミを殺したと見てるんだがね」

「違う。おれは、あの娘を殺《こや》っちゃいない。おれはミミが汚れ役の謝礼が少なすぎると駄々をこねはじめたことを関根組の牛島さんに報告しただけだよ。ミミには資産家とのセックス・シーンを盗み撮りするたびに三十万ずつ渡してたんだが、あの娘は牛島さんやおれが裏でまとまった金をせしめてることに気づいたらしいんだ。それで、ミミは牛島さんに直接会って、ギャラのアップを交渉したいと言いだしたんだよ。おそらく牛島さんが若い者にミミを始末させたんだろう」

「そのあたりのことは、牛島に直《じか》に訊いてみよう」

唐木田はアイスピックを抜き、土屋のポケットを探《さぐ》った。携帯電話はスラックスの左ポケットに入っていた。

「牛島さんをここに呼べっていうのかよ？」

「そうだ。牛島に電話をして、すぐにここに来るように言え！」

「牛島さんの居そうな場所をあんたに教えるから、それで勘弁してくれないか。牛島さんを誘《おび》き寄せたりしたら、おれ、関根組の連中に殺されちまうよ」

「牛島に電話をしたくなきゃ、それでもいいさ。その代わり、おまえの延髄《えんずい》にアイスピックを深々と刺し込む」

「そ、そんな……」

「どっちか好きなほうを選ぶんだな」

「くそったれ！」

土屋が悪態をつき、自分の携帯電話を引ったくった。すぐに彼は横向きになって、短縮ボタンを押しはじめた。

唐木田はアイスピックに付着した血糊をゼラニウムの葉で拭《ぬぐ》い取り、近くのソファに腰かけた。

3

午後五時半を回った。

関根組の牛島は六時に土屋の部屋に来ることになっている。部屋の主は、居間の床に横たわったままだった。

唐木田は、寝室にいるエマを大声で呼んだ。

エマはすぐに姿を見せた。唐木田はエマを手招きし、一万円札を差し出した。

「そのお金、何なの？」

「食事でもして来てくれ」

「一、二時間、どこかで時間を潰《つぶ》せってことね？」

「そういうことだ。ただし、余計なことはするんじゃないぞ」

「おたくのことは誰にも言わない。でもさ、土屋さんのことが心配だよ」

「死ぬようなことはないから、心配しなくてもいい」

「そう。もうアイスピックは使わないでね」

エマが一万円札をショートパンツのポケットに収め、部屋から出ていった。

「病院に行かせてくれないか」

土屋が弱々しい声で言った。開襟シャツとスラックスは鮮血を吸って、肌にへばりついていた。

「たいした怪我じゃない。あとで傷口に消毒液をぶっかけて、化膿《かのうど》止めの軟膏《なんこう》でも塗っとくんだな。何日か経《た》てば、それで傷口は塞《ふさ》がるだろう」

「他人事だと思って……」

「その通りだ。そっちがどうなっても、所詮は他人事だからな」

唐木田は煙草をくわえた。

岩上に応援を要請したのは、二十分ほど前だった。舎弟頭の牛島は拳銃を忍ばせている可能性がある。

それだけではなく、若い組員たちをボディーガードにしているとも考えられた。手下どもまで飛び道具を持っていたら、とても自分だけでは太刀打《たちう》ちできない。

唐木田はそう判断し、ホームレス刑事に助っ人になってもらったのである。

一服し終えたとき、玄関ドアの開閉する音がした。牛島が早くやってきたとも考えられる。

唐木田は長椅子の後ろに身を隠し、アイスピックの柄に手を掛けた。だが、居間に入ってきたのは岩上だった。色の濃いサングラスをかけていた。

「そいつが出張売春組織の責任者かい？」

「ああ、土屋だよ」

「手錠《ワッパ》、掛けとこうか？」

「その必要はないだろう」

唐木田は答えた。すると、土屋がうろたえた。

「おたくら、刑事だったのか⁉」

「刑事は、おれひとりだ」

岩上が警察手帳を土屋に見せた。

「アイスピックを持ってる男は、何者なんだよ？」

「おれの相棒の身許調査はやめときな。それとも、売春防止法違反で逮捕《パク》られたいか？」

「旦那《だんな》、見逃してくださいよ。おれは、雇われマネージャーに過ぎないんですから」

「わかった。その代わり、おれに協力してもらうぜ」

「は、はい」

「牛島は、いつも物騒《ぶっそう》な物を持ち歩いてるのか？」

「それ、拳銃のことですか？」

「そうだ」

「牛島さんは、いつも丸腰ですよ。けど、長谷《はせ》って用心棒は中国製トカレフのノーリンコ54を持ってます。用心棒は剃髪頭《スキンヘッド》の大男です」

「そうか」

「きっと牛島さんは長谷と一緒ですよ」

土屋が言って、顔を歪めた。傷口が疼《うず》いたのだろう。

岩上が唐木田に近づいてきて、小声で言った。

「親分、おれは玄関ホールに隠れてて、牛島たちの背後に迫らあ」

「ああ、よろしく！」

「牛島を弾除《たまよ》けにして、『マジカル・エンタープライズ』に乗り込もうって段取りなんだね？」

「そのつもりなんだ」

唐木田は低く答えた。

岩上がうなずき、玄関ホールに足を向けた。

そのとき、唐木田の携帯電話が着信音を発しはじめた。すぐに携帯電話を耳に当てた。

「何か動きがあった？」

麻実だった。

唐木田はベランダの際《きわ》まで歩き、これまでの流れを手短に話した。

「わたしも、土屋のマンションに行こうか？」

「助っ人はガンさんだけで充分さ」

「そう。それじゃ、気をつけてね。何かあったら、すぐに連絡して」

「わかった」

唐木田は電話を切り、マナーモードに切り替えた。ソファに腰かけたとき、部屋のインターフォンが鳴った。

唐木田は中腰で土屋に近寄り、アイスピックの先を耳の穴に浅く突っ込んだ。

「声をたてるなよ」

「ああ、わかってる」

土屋の声は震えを帯びていた。

唐木田は耳に神経を集めた。玄関ドアが開けられ、二人の人間が部屋の中に入る気配が伝わってきた。牛島と長谷だろう。

「おい、土屋。どこにいるんだ？」

牛島らしい男の声が響き、二人の足音が近づいてきた。

「警察だ。二人とも両手を高く掲《かか》げろ」

岩上の声がした。

来訪者たちが狼狽し、何か口走った。だが、揉み合いにはならなかった。

少しすると、四十二、三の肌の浅黒い男と三十歳前後の大男が居間に入ってきた。

二人の後ろには、岩上がいた。中国製トカレフのノーリンコ54を構えている。剃髪頭の用心棒から奪った拳銃だろう。

「関根組の牛島だな？」

唐木田は、肌の浅黒い男に声をかけた。

「そうだよ」

「連れの用心棒は長谷だな？」

「ああ。土屋は、どこまで喋ったんだい？　あんたら、刑事じゃねえな」

「後ろの旦那は現職だよ。おれは民間人だがね。二人とも、膝立ちの姿勢をとれ」

「目的は何なんでえ？」

牛島が問いかけてきた。唐木田は何も言わなかった。

岩上がノーリンコ54の銃口で牛島と長谷の背中を小突いた。撃鉄《ハンマー》はハーフコックになっていた。

多くの自動拳銃には安全装置が付いているが、ノーリンコ54にはそれがない。撃鉄《ハンマー》をハーフコックにしておくことで、暴発を防ぐしかないわけだ。

牛島たち二人が膝立ちになった。

「こんなことになって、すみません」

土屋が横たわったまま、牛島に謝った。牛島は舌打ちしただけだった。

「百二、三十人のリッチマンの情事ビデオを悪用して、あんたは彼らに『マジカル・エンタープライズ』に巨額を投資するよう強要したなっ」

唐木田は立ち上がって、牛島の前に進み出た。

「なんの話か、さっぱりわからねえな」

「もう観念しろ。土屋が口を割ってるんだ」

「土屋が何を言ったか知らねえが、おれは何も危《ヤバ》いことなんかやってないぜ」

「出張売春組織にも関わってないっていうのかっ」

「もちろん、そうさ。土屋が管理売春《マメノシル》で、おいしい思いをしてることは知ってたがな」

牛島がせせら笑った。

「時間稼ぎをしても無駄だぜ」

「なら、証拠を出せや。おれが麗人社交クラブを仕切ってるって証拠をな」

「屑野郎《くずやろう》が一丁前のことを言うんじゃない！」

岩上が怒声を張り上げ、ノーリンコ54の銃把《グリップ》の底で牛島の頭頂部を強打した。

牛島が両手で頭を抱え、横に転がった。

用心棒の長谷が岩上に喰《く》ってかかった。

「てめえ、現職だろうが！　刑事がこんな手荒なことをやってもいいのかよっ」

「おれは悪党にゃ手加減しない主義なんでな。おまえらに法律は通用しない。ならば、こっちも法を守ることはないからな」

「関根組《うち》の顧問弁護士の先生にお願いして、てめえを懲戒免職にしてやる！」

「やりたきゃ、やれよ。その前に、暴発に見せかけて、おまえの空っぽの頭《ペテン》を撃《ハジ》いてやる」

「てめえ、ふざけやがって！」

「もっと怒れよ、木偶《でく》の坊！」

岩上が挑発した。

と、長谷は岩上の腰に組みつく素振りを見せた。

岩上が少し退《さ》がり、右腕を水平に泳がせた。ノーリンコ54の銃把は、まともに長谷のこめかみを砕いた。肉と骨が鈍く鳴った。

長谷は唸りながら、床を転げ回った。

唐木田は、倒れている牛島の腰にアイスピックを押し当てた。

「まだ粘る気かい？」

「てめえら、ただじゃおかねえぞ」

「もう少し気の利いた脅し文句を言えないのかっ。あんたも、頭は悪そうだな」

「な、なめやがって」

牛島が喚《わめ》いた。

唐木田は無造作に腕に力を込めた。アイスピックの先は布地を貫き、筋肉に埋まった。牛島が痛みに顔を歪めた。

「このまま体重をかければ、あんたの腰骨までぶっ通るな。少し風通しをよくしてやろうか？」

「おれたちは男稼業を張ってんだ。これぐれえのことでビビるかよっ。ふざけんじゃねえ！」

「ガキっぽい虚勢を張る年齢《とし》じゃないだろうが」

唐木田はアイスピックを抜くなり、牛島の右手の甲に突き立てた。牛島が動物じみた声を放ち、長く呻いた。

「兄貴になんてことをしやがるんだっ」

長谷が半身を起こした。

ほとんど同時に、岩上が足を飛ばした。スラックスの裾がはためいた。強烈な横蹴りだった。巨身の長谷は吹っ飛び、観葉植物の鉢に頭をぶつけた。

「ここらで、ノーリンコ54を暴発させるか」

岩上が撃鉄をいっぱいに起こし、銃口を牛島の額に当てた。牛島の頬が醜く引き攣《つ》った。

「そうするか」

唐木田は調子を合わせた。牛島が裏声で命乞いをした。

「この世に未練があるようだな」

「お、おれは大杉の兄貴の命令に従っただけなんだ。集めた預金小切手、株券、現金はそのまま『マジカル・エンタープライズ』に届けて、一円だって貰ってねえ」

「資産家から集めた金は総額でいくらなんだ？」

「およそ六百億円だよ」

「預かり証は誰にも渡してないんだな？」

「三十四、五人には、おれ個人の名で預かり証を渡したよ。うるさく預かり証をくれって言われたんでな」

「そうか」

「ううーっ、痛《いて》え！　早くアイスピックを抜いてくれっ」

「いいだろう」

唐木田はアイスピックを引き抜き、血糊《ちのり》を牛島の顔になすりつけた。牛島がハンカチを抓《つま》み出し、手の甲に宛《あて》がった。

「大杉に届けた預金小切手や現金は、企業舎弟のオフィスにあるのか？」

「さあ、どうかな。大杉の兄貴は、いったんマネーロンダリングしてから、組の運営資金に回すと言ってたんだ」

「『マジカル・エンタープライズ』が近々、東証のマザーズに上場するって話は、まったくの嘘っぱちだったんだなっ」

「まあね」

「ノンフィクション・ライターの影山宗範とミミを葬ったのは、あんただな？」

唐木田は訊いた。

「待ってくれよ。なんとかってノンフィクション・ライターを、どうしておれが始末しなきゃならねえんだ?」

「影山という男は、あんたらの悪事を暴《あば》こうとしてたはずだ。だから、抹殺する必要があった」

「臆測《おくそく》で物を言わねえでくれ。おれは、そんなノンフィクション・ライターのことなんか知らねえぞ。おれが若い者《もん》にやらせたのは……」

牛島が口ごもった。

「ミミこと浜中綾を始末させただけだって言いたいのか?」

「実際、そうなんだ。土屋からミミが妙な欲を出しはじめてるって話を聞いて、おれは大杉の兄貴に相談した。そしたら、兄貴は準構成員の誰かに小遣いをやって、ミミをなんとかしろって言ったんだよ」

「ミミを突き落とした奴は?」

「ヒロ坊って、暴走族《ゾク》上がりのチンピラだよ。野郎は、もう東京にゃいねえ。おれが九州に高飛びさせたんだ」

「雑魚《ざこ》のことは、どうでもいい。それより、ノンフィクション・ライター殺しには絶対に関与してないんだなっ」

「同じことを何度も言わせんじゃねえよ」

「そう苛《いら》つくな。大杉は、赤坂のオフィスにいるのか?」

「ああ、多分な」

「『マジカル・エンタープライズ』の社員数は？」

唐木田は問いかけた。

「二十二、三人だよ」

「そのうち、何人が組員なんだ？」

「社員は堅気《ネス》ばかりだよ。大杉の兄貴は組の者が会社に出入りすることを禁じてるんだ。おれも兄貴とは、いつも外で会ってる」

「番犬がいなけりゃ、大杉とゆっくりと話ができるな」

「おめえら、兄貴のオフィスに乗り込むつもりなのか⁉」

「そういうことだ、あんたを弾除けにしてな」

「大杉の兄貴に手荒なことをしたら、関東一心会の総長が黙っちゃいねえぞ。おめえらをどこまでも追いかけて、片をつけることになるからな」

「そいつは楽しみだ」

「けっ、強がりやがって」

牛島が口を結んだ。

唐木田は岩上に目で合図して、寝室の中に入った。美容整形外科医の浅沼の携帯電話を鳴らした。

すぐに浅沼が電話口に出た。

「麻酔注射の用意をして、六本木のマンションに来てくれないか」

唐木田は経過を説明した。

「土屋と長谷の二人をしばらく眠らせるんですね？」

「そうだ。ドク、静脈麻酔薬がいいな」

「わかりました。それじゃ、ペントバルビタール・ナトリウムのアンプルを二、三本持っていきますよ。二十分以内には、その部屋に着くと思うな」

浅沼が先に電話を切った。

唐木田は居間に戻り、土屋、牛島、長谷の三人を床に這わせた。横一列だった。

「逃げたら、ぶっ放すぞ」

岩上が三人の近くのソファに腰かけた。

唐木田はホームレス刑事に告げた。

「ドクは二十分以内に来るってさ」

「そうかい。葬儀屋の女社長にも声をかけないと、あとで恨まれるんじゃないかね？」

「相手は武闘派じゃない。インテリやくざなんだ。おれたちだけで充分だろう」

「それはそうだがね」

岩上がハイライトに火を点けた。唐木田も煙草をくわえた。

浅沼は十五、六分で、土屋の部屋にやってきた。

例によって、変装していた。長めのウィッグを被り、シリコンで頬を膨らませていた。長めのウィッグを被り、る。浅沼は特殊メイクの技《わざ》も持っていた。

岩上がソファから立ち上がり、ノーリンコ54で牛島たち三人の動きを封じた。

浅沼が土屋と長谷に手早く麻酔注射をうった。一つのアンプルには、五十ミリリットルの溶液が入っている。

わずか数分で、土屋と長谷は昏睡《こんすい》状態に入った。

「大杉の携帯のナンバーを言え」

唐木田は牛島に声をかけた。

牛島は口を開かない。

浅沼が屈《かが》み込み、外科用メスを牛島の頬に当てた。それでも、牛島はおののかなかった。

「どこまで粘れるかね？」

浅沼が茶化すように言い、メスを鉗子《かんし》に持ち替えた。牛島の喉仏を鉗子で挟みつける。強く締めつけると、牛島はレスラーのように床を叩《たた》いた。

「鉗子を外してやれ」

唐木田は浅沼に言った。

鉗子が外された。

牛島が肺に溜《た》まった空気を吐き出し、喉を撫《な》でさすった。

「ナンバーは？」

唐木田は促《うなが》した。

牛島が一語ずつ大杉の携帯電話の番号を言った。唐木田は数字キーを押した。

「はい、大杉です」

「本庁組対《そたい》四課の者だ」

「警視庁の旦那方は、もうわたしにご用はないはずですがね」

「素っ堅気になったわけじゃないだろうが」

「わたしは、もう関東一心会とは縁を切ってますよ」

「白々しいな。『マジカル・エンタープライズ』が関根組の企業舎弟だってことはわかってるんだ」

「刑事さん、それは誤解ですよ。わたしの会社は、真っ当なネットビジネスをやってるだけです」

「大杉、よく聞け。牛島が何もかも自白《ウタ》ったんだ。麗人社交クラブの罠に引っかかったリッチマンたちから、およそ六百億を出資させたことも吐いたんだぜ」

「牛島は、いま、どこに？」

「身柄を押さえてある。牛島はあんたに命令されて、組の準構成員のヒロ坊に浜中綾を始末させたことまで自供したんだ」

「………………」

「どうした？　急に黙り込んだな。大杉、もう諦《あきら》めろ。われわれは多摩市の波多野淳の実姉にも会って、すでに裏付《ウラ》けを取ってるんだ」

「おれの逮捕状は？」

「明日にも裁判所から逮捕状が下《お》りるだろう。しかし、あんたを逮捕《パク》ったところで、われわれにゃメリットがない」

「メリットがない？」

大杉が問い返してきた。

「ああ、そうだ。そこまで言えば、もう察しがつくだろうが」

「条件によっては、お目こぼしをしてくださるとおっしゃるわけですね？」

「ま、そういうことだ」

「鼻薬を嗅《か》ぎたがってる旦那方は何人いらっしゃるんです？」

「三人だ」

「おひとり一本ずつで、いかがでしょう？」

「まさか一千万円なんてケチなことを言うんじゃないだろうな」

「当然、一億円ずつですよ。いつでも現金をお渡しします」

「わかった。それじゃ、いまから三十分後にあんたのオフィスに行く。それまで社員たちを全員、帰らせろ」

「承知しました。ところで、牛島は連れて来てもらえるんですか?」

「ああ、連れていく」

唐木田は先に電話を切り、岩上に歩み寄った。大杉との遣《や》り取《と》りを耳打ちする。

「先方があっさり裏取引に応じるとは思えないね」

「ああ、おそらくね。ガンさん、偵察に行ってもらいたいんだ」

「あいよ」

岩上はノーリンコ54を唐木田の掌《てのひら》に載せると、慌《あわ》ただしく部屋を出ていった。唐木田は浅沼に近寄り、岩上が出かけた理由を小声で教えた。

「大杉の兄貴は何だって?」

牛島が訊いた。

「おれたちに三億の口止め料をくれるらしい」

「それじゃ、おれは命《タマ》取られなくても済むんだな」

「ま、そういうことになるな」

唐木田はソファに坐った。

岩上から連絡が入ったのは、二十数分後だった。

「大杉のオフィスは、関根組の連中で固められてるよ。うっかり乗り込んだら、返り討ちにされるな。大杉は、牛島も消す気でいるにちがいない」

「やっぱり、そう出てきたか」

「親分、作戦を変更しようや。ドクを大杉の女房《バシタ》か愛人《レコ》に接近させて、どちらかをまず人質に取ろう。牛島じゃ、弾除けにゃならない」

「確かにね。よし、その手でいこう。あとで、店に来てくれないか」

「了解！」

「それじゃ、あとで……」

唐木田は携帯電話を懐に戻し、浅沼に事情が変わったことを告げた。

浅沼がジャケットのポケットから注射器入れを取り出し、牛島に近寄った。

「おれまで麻酔で眠らせるのかよ⁉」

「ちょっと事情が変わったのさ。しばらくおねんねしてくれ」

唐木田は牛島に銃口を向けた。

浅沼が牛島の右腕の静脈を浮き立たせ、注射針を突き刺した。牛島は、じきに意識を失った。

「アジトで作戦の練り直しだ」

唐木田は浅沼に言って、ノーリンコ54の弾倉《マガジン》を抜いた。五発詰まっていた。弾倉を上着のポケットに入れ、拳銃をベルトの下に差し込んだ。

二人は玄関に急いだ。

4

色っぽい女だった。

唐木田は、大杉の二度目の妻に目を当てていた。

六本木ロアビルの裏にあるスポーツクラブの喫茶室だ。

大杉美佐《みさ》はスカッシュウエア姿で、冷たい飲み物を飲んでいる。三十二歳だが、まだ若々しい。元はクラブ歌手だ。

岩上が午前中のうちに大杉の後妻に関する情報を集め、『ヘミングウェイ』にファックス送信してくれたのである。

唐木田は、すぐさま大杉夫妻の住む乃木坂《のぎざか》の超高級マンションに車を走らせた。マンション前で一時間ほど張り込むと、プジョーに乗った美佐が現われた。プジョーは十分ほど走り、このスポーツクラブの駐車場に入った。

美佐はエアロビグスで汗を流したあと、スカッシュボールを打ちはじめた。唐木田はそれを見届け、浅沼を電話で呼び寄せた。

その浅沼は、喫茶室の隅でアイスコーヒーを啜《すす》っている。午後四時過ぎだった。きのうは大杉に迫ることができなかったが、美人の後妻を人質にとれば、形勢は有利になるだろう。

唐木田はラークマイルドに火を点けた。

ちょうどそのとき、浅沼がさりげなく立ち上がった。美佐のテーブルの横で、彼はわざと通路に英国製のライターを落とした。

美佐が何か言い、ライターに手を伸ばした。

浅沼も身を屈《かが》めた。二人の手が触《ふ》れ合った。

それをきっかけに、浅沼が美佐に何か語りかけはじめた。美佐は迷惑顔ではなかった。それどころか、なにやら愉《たの》しげだ。

浅沼が頃合を計って、美佐の前に腰かけた。

二人は笑顔で何か語らいはじめた。

唐木田は、浅沼のアプローチの仕方に感心した。少しも、わざとらしさがなかった。

十五分ほど雑談を交わすと、浅沼と美佐は揃《そろ》って喫茶室を出た。

唐木田は五分あまり過ぎてから、おもむろに立ち上がった。勘定を払い、エレベーターで地下駐車場に降りた。

レクサスに走り寄ると、壁と車の間にぐったりとした美佐が横たわっていた。その近くに、浅沼が屈《かが》み込んでいる。

「予定通り、エレベーターの中で麻酔注射をね」

「ご苦労さん！」

唐木田は自分の車のトランクリッドを開け、意識のない美佐を抱え上げた。トランクルームの中に入れ、すぐにリッドを閉める。

「それじゃ、おれのとこに行きましょう」

浅沼が少し離れた場所にある黒いポルシェに駆け寄った。きょうは、浅沼美容整形外科医院は休診日だった。入院患者もいないという。

唐木田もレクサスに乗り込んだ。

ポルシェが先に走りだした。唐木田は、あとにつづいた。

広尾までは、ほんのひとっ走りだった。

浅沼の医院に着くと、唐木田はトランクルームから美佐を出した。肩に担《かつ》ぎ上げる。

浅沼の案内で、病室のベッドに運んだ。

美佐は小さな寝息を刻んでいた。彫りが深く、ハーフっぽく見える。

浅沼が予《あらかじ》め用意しておいたビデオカメラを手に取った。

「美佐を素っ裸にしたほうが、大杉はショックを受けるんじゃないのかな？」

「そこまでやる必要はないだろう。女房が人質に取られたと知っただけで、大杉は焦《あせ》るさ」

「それはそうですが、この女のヌードを拝んでみたい気もするなあ」

「女の体なんか、もう見飽《みあ》きたんじゃないのか。ドクは無類《むるい》の女好きだからな」

「それだから、見飽きないいんですよ」

「なるほど、そういうものか」

唐木田は小さく笑った。

浅沼がアングルを変えながら、美佐の寝姿を撮影しはじめた。唐木田は壁に凭《もた》れかかって、撮影が終わるのを待った。

浅沼がビデオカメラのメモリーカードを抜いた。

それを受け取り、唐木田は外に出た。レクサスを赤坂に向けた。『マジカル・エンタープライズ』は雑居ビルの七階をワンフロア借りている。

やがて、目的の雑居ビルに着いた。

唐木田は車を雑居ビルの数十メートル先に駐《と》め、逆戻りした。雑居ビルの集合ポストに近づき、『マジカル・エンタープライズ』の函《はこ》に裸のメモリーカードを投げ入れた。

玄関ロビー付近に、組員らしい男たちの姿はなかった。

唐木田は車の中に戻り、携帯電話を手にした。大杉の携帯電話を鳴らす。

「きのうの決着《オトシマエ》をつけさせてもらうぜ」

「きさまは！」

大杉は驚きを隠さなかった。

「あんたの二度目の女房を人質に取った。六本木のスポーツクラブで、大杉美佐を引っさらったんだよ」

「なんだと⁉」

「一階の郵便受けに、ビデオのメモリーカードを入れといた。かみさんの寝姿が映ってるはずだ。とりあえず、そのビデオを観《み》るんだな。十五分後に、また電話する」

唐木田は一方的に言って、終了キーを押した。

煙草を喫《す》いはじめた直後、助手席のパワー・ウインドーが軽くノックされた。岩上だった。例によって、色の濃いサングラスをかけている。

唐木田は助手席のドア・ロックを解《と》いた。

岩上が助手席に乗り込んできた。

「親分、首尾は？」

「上々だよ。美佐はドクんとこの病室で眠ってる」

「そうかい。大杉の野郎は、一種の踏み絵を突き出されたわけだ。奴が若い後妻を大事に思ってりゃ、こっちの言うなりになるだろう。それほど美佐に愛情を感じてなかったら、おれたちは黙殺されることになる」

「そうだね。おれは、大杉が前者を選ぶような気がしてるんだが……」

「さあ、どっちを選ぶか見物だな。もし大杉が後者を選ぶようなら、奴を別件で逮捕《パク》ってやる」

「ああ、そのときは頼むぜ」

唐木田は煙草を灰皿の中に突っ込んだ。

「別れた女房が誰かに拉致《らち》されたとしてもそれほど動揺しないと思うが、娘の千晶《ちあき》が引っさらわれたら、取り乱しそうだな」

「ガンさんは、娘さんを溺愛《できあい》してたようだからね。いくつになったんだっけ？」

「十五、中三だよ。無性《むしょう》に娘の顔を見たくなるときがあるんだ」

「だろうね」

「これは誰にも話したことはないんだが、二度ばかり千晶の通ってる中学校にこっそり行ったことがあるんだ」

「そう。で、娘さんの姿を見ることはできたの？」

「それが二度とも会えなかったんだ。長いこと校庭を覗き込んでると不審がられるんで、泣く泣く諦《あきら》めたんだよ」

「それは残念だったね。いまも娘さんの写真を持ち歩いてるの？」

「ああ、お護《まも》り代わりにね。気分が落ち込んだとき、千晶の写真を眺めてるんだよ。そうするとさ、不思議に元気が出てくるんだ」

「そう」

「いい年齢《とし》こいて、みっともない話だよな」

「そんなことないと思うな。おれは、そういうガンさんも嫌いじゃない」

「いや、みっともない話さ。遠ざかっていった家族のことなんか一日も早く忘れて、自分なりに人生を愉しまなきゃいけないんだ。頭ではわかってるんだが、ふっきるのに時間がかかってね。人生ってやつは、思い通りにゃ運ばないんだよな」

岩上は自分に言い聞かせるような口調で呟《つぶや》き、長嘆息した。

唐木田は何か励ましの言葉をかけてやりたかった。しかし、適当な言葉が見つからなかった。それに、年上の人間に口幅ったいことを言うのはためらわれた。

二人の間に沈黙が落ちた。

唐木田はきっかり十五分経《た》ってから、ふたたび大杉の携帯電話を鳴らした。

「かみさんの寝姿はどうだった？」

「女房に、美佐におかしな真似はしてないだろうなっ」

「体は穢《けが》してない」

「ほんとだな？」

「ああ」

「そっちの要求を言ってくれ」

「三億の口止め料の件は、どうなってるんだ？」

「いま現在、現金は一億二千万しかない。それをくれてやるから、女房を解放してくれ。頼む！」

大杉が言った。

「とりあえず、そこにあるだけの金を持って、事務所を出るんだ。もちろん、あんたひとりでな」

「わかった。それから、どうすればいいんだ？」

「雑居ビルの先に、専福寺《せんぷくじ》という寺があるな。そこまで歩け。仲間が待ってるから、アイマスクを受け取るんだ」

「そっちの車で、女房のいる所に連れてってくれるんだな？」

「そうだ。すぐにオフィスを出ろ」

唐木田は電話を切った。

岩上が車を降り、専福寺の方に大股《おおまた》で歩きだした。ホームレス刑事の上着のポケットには、安眠マスクが入っているはずだ。

唐木田はミラーに目をやった。

四、五分待つと、雑居ビルから大杉が出てきた。岩上が集めてくれた資料の中に、大杉の顔写真も混じっていた。確かに商社マン風である。
大杉は黒い大型のスポーツバッグを提《さ》げていた。

いかにも重たげだ。中身は札束だろう。

大杉がレクサスの横を通り抜け、専福寺に向かった。唐木田は少し間《ま》を取ってから、車をスタートさせた。

ほどなく寺の前に出た。

すでに大杉は安眠マスクを掛けている。黒いスポーツバッグを手にした岩上が大杉を急かせ、レクサスの後部座席に乗せた。自分も素早く大杉のかたわらに乗り込んだ。

「バッグの中に一億二千万入ってる。美佐は、どこにいるんだ？」

背後で、大杉がたずねた。

「そう遠くない場所にいる」

「必要なら、会社の者に残りの一億八千万円を現金化させよう」

「口止め料は一億二千万円でいい。それより、できるだけ姿勢を低くしろ」

唐木田は言って、車をスタートさせた。

大杉が岩上に話しかけた。

「牛島が言ってた現職刑事というのは、あんたなんだろ？」

「ああ」

「悪徳警官はいろいろ見てきたが、これだけのでっかい強請《ゆすり》に加担してる奴はいなかったよ」

「おれは金は受け取ってない」

「まさか⁉」

「嘘じゃない。趣味で悪人狩りをやってるのさ。法は無力だからな」

「安っぽいヒロイズムに酔いたいわけか」

「薄笑いをするなっ」

岩上が一喝《いっかつ》し、大杉の顔面を肘《ひじ》で弾いた。

大杉は口を噤《つぐ》んだ。岩上も何も喋らなくなった。

十数分で、浅沼の自宅を兼ねた医院に着いた。浅沼は待合室にいた。

医院の中に入ると、大杉が安眠マスクを外した。

「女房に会わせてくれ」

「いいだろう。妙な気を起こすなよ」

唐木田は拳銃を腰から引き抜いた。

「そいつは……」

「ああ、牛島の拳銃《ハンドガン》さ」

「あんたらの真の狙《ねら》いは何なんだ？」

大杉が問いかけてきた。

唐木田は返事をしなかった。大杉の背中を押し、一階奥の病室まで歩かせた。美佐はベッドに横たわったままだった。

「あと一時間半ぐらいは、麻酔が切れないだろう」

大杉が妻の名を呼んだ。しかし、美佐はなんの反応も示さない。

浅沼が大杉に告げた。

「あんたは、ここのドクターらしいな」

「一応、院長だよ。といっても、ほかに勤務医はいないがね。奥さん、いい女だね？」

「あんた、眠ってる美佐に何か悪さをしたんじゃないだろうな？」

「女にゃ不自由してないよ。奥さんが無事だってことはわかったな？」

「ああ」

大杉が短く応じた。浅沼がメスを取り出し、大杉の頸動脈《けいどうみゃく》に押し当てた。

「おい、おれをどうするんだ⁉」

「手術室にご招待するよ」

「どういうことなんだっ」

「手術台の上で、おれの質問に答えてもらう」

唐木田は大杉の片腕を掴み、手術室まで歩かせた。

浅沼がメスで威《おど》しながら、大杉を手術台に仰向けにさせた。すぐに数本のベルトで体を固定させ、青っぽい手術着を羽織らせた。

「おれの体をメスで斬り刻《き》む気なんじゃないだろうな？」

大杉が不安顔を唐木田に向けてきた。

「あんたの出方次第では、生体解剖《いいかいぼう》をすることになる」

「やめてくれ、そんなことは」

「だったら、正直に答えるんだな」

唐木田は岩上に合図した。

岩上が無影灯のスイッチを入れた。手術台が明るく照らし出された。大杉が眩《まぶ》しそうに目を細めた。

「手術台に上がったついでに、胸にコラーゲンをたっぷり注入してやろうか。お望みなら、ペニスを切除してやってもいいぜ」

浅沼が手術用のゴム手袋をしながら、大杉をからかった。

「若いの、なめた口を利くんじゃねえっ」

「やっぱり、ヤー公はヤー公だな。紳士面をしてても、すぐに馬脚《ばきゃく》を現わすね」

「黙りやがれ！」

大杉が喚《わめ》いて、全身で暴《あば》れた。ベルトが小さく鳴っただけだった。

「さて、はじめるか」

唐木田はノーリンコ54を岩上に渡し、アイスピックを握った。大杉が憎々しげな目を向けてきた。

「牛島にミミを始末しろと命じたな？」

「それは……」

「はっきり答えろ！」

「ああ、その通りだよ」

「ノンフィクション・ライターの影山宗範も殺《や》らせたなっ」

「誰だって⁉」

「影山だよ。影山は麗人社交クラブの罠に嵌まった資産家たちを調べていくうちに、あんたが黒幕だってことを突きとめた。彼を生かしておくと、いずれ自分の悪事が暴《あば》かれることになる。そう考え、あんたは誰かに影山を轢き殺させた。そうじゃないのかっ」

「その男のことは知らん」

「体に訊いてみよう」

唐木田は言うなり、アイスピックを大杉の腹部に突き立てた。大杉が唸って、首を横に振った。

「影山のことは、本当に知らないと言うのか?」

「ああ。もしかしたら、そのノンフィクション・ライターは詐欺師の河原崎隆則《かわらざきたかのり》って奴を追っかけてたのかもしれない」

「どういう男なんだ、そいつは?」

「先々月まで外資系投資顧問会社の『J&Kカンパニー』に勤めてた奴なんだが、おれが資産家たちから巻き揚げた約六百億円をそっくりネコババして、行方を晦《くら》ましやがったんだ」

「苦しい言い訳だな」

唐木田は口の端を歪めた。大杉が慌《あわ》てて訴えた。

「おれは事実を言ってるんだ。J&Kカンパニーに六百億円の運用を任せて、アメリカのナスダックに上場してるハイテク企業株を大量買いするつもりだったんだよ。ところが、担当社員の河原崎はおれが渡した小切手、株券、現金を目にして、欲が出たんだろう。会社に運用資金を持ち帰る振りをして、てめえで着服しやがったんだ。それまで奴はおれが投資した金をネット関連株で大きく膨らませてくれてたんで、すっかり信用してたんだ。だから、河原崎個人の預かり証を貰っただけで……」

「経済やくざが、そうやすやすと騙《だま》されるわけがない。あんたの作り話には、リアリティーがない」

唐木田は浅沼に目配せした。

浅沼が大杉の足許に回り込み、メスを片方の踵《かかと》の下に潜《くぐ》らせた。数秒後、大杉が絶叫した。アキレス腱《けん》を切断されたのだ。

大杉は唸り声を轟《とどろ》かせるだけで、口も利けない。

岩上が近づいてきて、小声で言った。

「大杉の話は嘘じゃないような気がするね」

「そうだろうか」

「ミミを始末させたことはあっさり認めたんだから、もう観念してると思うんだ。おそらく書き屋のことは、本当に知らないんじゃないかな。刑事の勘だがね」

「ガンさんがそこまで言うなら、そうなのかもしれない」

唐木田は低く応じた。そのとき、大杉が口を開いた。

「J&Kカンパニーは日本橋にある。会社に行って確かめてくれ。そうすりゃ、おれの話が事実だってわかる。ううーっ、痛《いて》え！」

「河原崎って奴は、いくつなんだ？」

唐木田は訊いた。

「まだ三十三、四だよ。奴を取っ捕まえて、おれの金を回収してくれたら、あんたたちに半分やる」

「おれたちを下働きさせる気かっ。ふざけるな！」

「そういうわけじゃないが、あんたたちは度胸が据《す》わってるから……」

大杉が言いながら、急に気を失ってしまった。あまりの激痛に耐えられなくなったのだろう。

「こいつをどう裁《さば》きます？」

浅沼が問いかけてきた。

「百数十人のリッチマンから六百億円もの金を騙し取ったんだ。それから、衣料スーパーの社長を感電自殺に追い込み、多摩市の地主一家を不幸にさせた」

「ミミって娘も始末させてます」

「そうだな。ガンさん、どう思う？」

唐木田は岩上に意見を求めた。

「犯した罪は重いやね。それに、生かしておいても世の中の役に立つ男じゃない」

「おれも、そう思うよ」

「なら、決まりだね」

岩上がにやりとした。唐木田はアイスピックを引き抜き、手術台から少し離れた。

「葬儀屋の女社長も別に異論はないでしょう？」

浅沼が手術台を回り込み、手際よくメスで大杉の頸動脈を掻き切った。血煙が上がり、赤い斑点《はんてん》が無影灯に散った。

「ガンさん、地下室の液槽にクロム硫酸を注《そそ》ぎ込もう」

唐木田はホームレス刑事に声をかけ、先に手術室を出た。

死体をクロム硫酸液の中に投げ込めば、たった数十分で骨だけになる。ハンマーで骨を叩き潰せば、私刑執行の証拠は何も残らない。

唐木田と岩上は地下室に足を向けた。

第三章　ネット成金の影

1

防犯ビデオカメラが設置されていた。

出入口の真ん前の壁面の上部だ。雑居ビルの七階だった。

ひっそりと静まり返っている。

まだ午前四時過ぎだ。

唐木田は麻実を目顔で促《うなが》し、『マジカル・エンタープライズ』に向かった。処刑した大杉の遺灰を水洗トイレに流してから、まだ十時間も経過していない。

「ここで待っててくれ」

唐木田は麻実に言いおき、壁伝いに防犯ビデオカメラに近づいた。綿の黒いサマーブルゾンのポケットからカラースプレーの缶を摑《つか》み出し、ビデオカメラのほぼ真下に立つ。

唐木田は腕を一杯に伸ばして、レンズに白い噴霧《ふんむ》を吹きつけた。

これで、防犯ビデオカメラは役に立たなくなったはずだ。

唐木田は麻実を手招きし、手製の解錠道具セットを懐から取り出した。編み棒に似た金属棒と平たい金具が七種ほど詰まっている。

唐木田は両手に布手袋《ぬのてぶくろ》を嵌《は》め、『マジカル・エンタープライズ』のドア・ロックを解いた。麻実が走り寄ってきた。彼女も布手袋をしていた。

二人は企業舎弟のオフィスに忍び込んだ。

薄暗かったが、電灯は点けなかった。二十数卓の事務机が並び、右側に社長室があった。

唐木田たちは社長室に歩《ほ》を進めた。

マホガニーの両袖机《りょうそでづくえ》の上に、デスクトップ型のパソコンが載っている。

「投資先と財務状況を調べてみるわ」

麻実が社長席に坐り、すぐにパソコンを操作しはじめた。パスワードはわかっていた。前夜、葬《ほうむ》った大杉の電子手帳に登録されていたのである。

唐木田はウォール・キャビネットの中を調べはじめた。

インターネット・ビジネス関係やヘッジファンド関連の資料がびっしり詰まっていたが、事件の手がかりになるようなものは何も見つからなかった。

「大杉は四年前からJ&Kカンパニーに外資系企業の株の運用をさせてるわ」

麻実が言った。

唐木田は麻実の背後に回り込み、パソコンのディスプレイを覗《のぞ》き込んだ。

ナスダックに上場されているハイテク関連企業名が連《つら》なっていた。持ち株数や前日の終値《おわりね》などが克明に表示されている。

「株の大量買いは？」

「してないわね。ただ、それだけで約六百億円の運用資金を河原崎が持ち逃げしたと断定するのは危険だと思うの」

「そうだな。預金をチェックしてくれないか」

「オーケー」

麻実が短く答えた。

唐木田は屈《かが》み込み、両袖のキャビネットの引き出しを一段ずつ検《あらた》めた。左側のキャビネットの最上段の引き出しの中に、河原崎が切った預かり証があった。

小切手、株券、現金の内訳があり、その総額は六百二億四千万円だった。河原崎のサインがあり、捺印《なついん》もされている。

「大杉が資産家たちから詐取《さしゅ》した約六百億の運用資金を河原崎に渡したことは間違いないよ」

唐木田は預かり証を麻実に見せ、ディスプレイに目をやった。『マジカル・エンタープライズ』の預金残高は、十億円弱だった。

「ちょっと残高が少ない感じね。多分、タックスヘヴンの国に設立したペーパーカンパニーにお金を移したんでしょうね。五万ドル以下の海外送金なら、身分を隠したままで、どの銀行からも送金できるから」

「そうだな。大杉はわざわざペーパーカンパニーを設立したんじゃなく、香港でタックスヘヴン国籍の企業を数社買い取って、会社の金を分散したんだろう」

「ええ、多分ね。三千ドルそこそこで香港の銀行に口座を持ってるタックスヘヴン籍の会社は買えるらしいの。それなら、いちいち会社登記の手続きはしなくて済むし、買い手のことが外部に漏《も》れる心配もないわ」

「ああ、そうだな。大杉は商学部出だから、それぐらいの知恵はあったはずだ」

「そうね。裏金関係のＵＳＢメモリーがありそうだけど……」

麻実がそう言い、ＵＳＢメモリーをひとつずつチェックしはじめた。

「どうだ？」

「それらしいものはないわ。大杉は裏金関係のメモリーは自宅マンションか、銀行の貸金庫に保管しているんじゃない？」

「そうなのかもしれない」

「乃木坂のマンションに押し入って、美佐って奥さんをちょっと脅してみる？」

「いや、そいつはやめとこう」

「そういえば、大杉の奥さんは自宅マンションまで送り届けたの？」

「いや、六本木のスポーツクラブの前に放置してきたんだ。まだ意識を取り戻してなかったんでね」

「冬だったら、凍死してたかもね」

「そうだな。そろそろ引き揚げよう」

唐木田はキャビネットの引き出しをきちんと閉め、社長室を出た。すぐに麻実もパソコンから離れた。

二人は速《すみ》やかに『マジカル・エンタープライズ』を出て、エレベーターに乗り込んだ。

外に出ると、麻実が言った。

「大杉の電子手帳には、河原崎隆則の自宅の住所も登録されてたのよね？」

「ああ。自宅は大塚にあるはずだ」

「いないと思うけど、念のために行ってみましょうよ。ひょっとしたら、河原崎は自宅に荷物か何か取りに戻ってるかもしれないわ」

「その可能性はないと思うが、自宅に何か手がかりがあるかもしれないな。よし、行ってみよう」

唐木田はレクサスに走り寄った。

麻実も自分のフィアットに乗り込んだ。唐木田は先に車を発進させた。あとから、フィアットが従《つ》いてくる。

河原崎の借りているマンションは、大塚三丁目にあった。

唐木田たち二人はマンションの近くの路上に車を駐《と》め、河原崎の部屋に急いだ。四階だった。

唐木田は玄関ドアに耳を寄せた。

人のいる気配はしなかった。唐木田は解錠道具を使って、ドア・ロックを外した。

二人は部屋の中に忍び込んだ。

間取りは1DKだった。唐木田と麻実はベッドのある部屋に入り、物色しはじめた。

しかし、小切手や株券はどこにもなかった。現金も見当たらない。

だが、無駄ではなかった。部屋にあったアルバムで河原崎の顔を知ることができた。

郵便物から、友人や知人も割り出せた。

二人は郵便物の束を持ち出し、ほどなく部屋を出た。

「張り込みながら、河原崎の友人や知人宅に電話してみよう」

唐木田は郵便物の半分を麻実に渡した。二人はおのおの自分の車に戻り、電話をかけはじめた。

唐木田は、まず河原崎の実家に電話をかけた。和歌山県だった。

年配の女性が電話口に出た。

「こんなに早い時刻に申し訳ありません。警視庁の者です。失礼ですが、隆則さんのお母さんですか？」

「はい、そうです」

唐木田は刑事になりすまし、相手に問いかけた。

「息子さんが客から預かった大金を持ち逃げしたことは、もうご存じですね？」

「ええ、知っております。J&Kカンパニーの支社長さんから先々月の中旬にお電話がありまして、倅《せがれ》が会社を急に辞めたことやお客さまのお金を着服したらしいというお話をうかがいました」

「そうですか」

「隆則がそんな大それたことをしたなんて、未《いま》だに信じられないんです。学生のころから大きな仕事をしたいと言ってましたが、まさかお客さまから預かった小切手や現金を横領するとは……」

「息子さんから何か連絡は？」

「お正月に帰省《きせい》してからは、電話一本かけてきません。もちろん、勝手に会社を辞めてしまったことも知りませんでした」

「お母さん、潜伏先に心当たりはありませんかね？」

「わかりません。わたしには、見当もつかないんです。いつか東京のやくざ者がここに押しかけてきましたが、息子を匿《かくま》ったりしてません。それだけは信じてください」

「隆則さんはパスポートを持ってましたよね？」

「はい、持ってるはずです。海外に逃げたんでしょうか？」

「その可能性もありますが、渡航記録に息子さんの名は見当たらないんですよ。ただ、密出国したとも考えられます。息子さん、語学はどうでした？」

「英語は一応、話せると思います」

　河原崎の母が答えた。

「それなら、偽造パスポートで出国したのかもしれないな。それはそうと、息子さんに親しい女性は？」

「いたのかもしれませんが、隆則はそういうことはまったく話してくれませんでしたので、はっきりしたことは申し上げられないんです」

「そうですか。男の友達で、特に仲がよかった方は？」

「学生時代の友達とは年に一、二回会ってたようですが、特別に親しくしてた方はいなかったと思います」

「息子さんが六百億円もの巨額を着服した動機は、何なんでしょう？」

「よくわかりませんけど、隆則はアメリカのビル・ゲイツを尊敬してました。それで、自分もいつかベンチャー起業家になりたいというようなことは言ってました」

「そうですか。もし息子さんが実家に立ち寄ったら、自首するよう説得してくださいね」

唐木田はもっともらしく言って、終了キーを押した。

一服してから、友人や知人に片端から電話をかけた。だが、河原崎の居所を知っている者はいなかった。

唐木田は車を降り、フィアットに歩み寄った。

麻実がパワー・ウインドーを下げた。

「たったいま、電話をかけ終えたとこ。でも、収穫はなかったわ」

「こっちも同じだ。ただ、河原崎の母親の話は何かのヒントになりそうだな。河原崎はビル・ゲイツを尊敬してて、自分もベンチャー起業家になりたがってたらしいんだよ」

「それで、六百億を着服する気になったのかしら？」

「そうなのかもしれない。しかし、犯罪者のままじゃ、ベンチャー企業を立ち上げることはできないよな。ダミーを経営者に仕立てることはできるがね」

「あるいは、河原崎が完璧《かんぺき》に他人になりすますかよね。整形手術で顔をすっかり変え、他人の戸籍を手に入れる」

「そこまでやるかもしれないな。ドクに電話してみよう」

唐木田は携帯電話を取り出し、浅沼の携帯電話を鳴らした。少し待つと、浅沼の寝ぼけ声が響いてきた。

「おれだよ。昨夜《ゆうべ》はお疲れさん！　ところで、同業者に訊《き》いてもらいたいことがあるんだ」

唐木田は経緯《いきさつ》をかいつまんで話した。

「顔を全面的に変えるような本格的な整形手術《プラスチック・ジョブ》を手がけてる美容整形外科医は日本にはいないと思いますが、大金を積まれれば、引き受けるドクターもいるでしょうね」

「ドク、美容整形外科医仲間から情報を集めてくれ。ひょっとしたら、河原崎がどこかの医院で整形手術を受けてるかもしれないからな」

「了解！　何かわかったら、すぐ連絡します」

電話が切れた。

唐木田は麻実に顔を向けた。

「きょうも告別式の仕事が入ってるって言ってたよな？」

「ええ。でも、もう少し時間があるわ」

「無理するなって。早く会社に顔を出したほうがいい」

「それじゃ、そうさせてもらうわ」

　麻実が真紅のイタリア車を発進させた。

　唐木田は自分の車に戻った。無駄になることを覚悟して、正午まで張り込むことにした。

　岩上から電話がかかってきたのは、十一時過ぎだった。

「河原崎には、前科歴はなかったぜ。それから、まだ日本から出てないな。もっとも密出国してる可能性はあるがね。大杉のオフィスから何か手がかりは？」

「有力な手がかりは得られなかったが、多少の収穫はあったよ」

　唐木田は経過を伝えた。

「ベンチャー起業家になりたがってたんなら、河原崎が六百二億四千万円を着服した説明がつくな」

「これはおれの想像に過ぎないんだが、河原崎は誰かダミーを立てて、事業を興す気なんじゃないだろうか。あるいは別人になりすまし、自分でベンチャービジネスをはじめる気でいるのかもしれない」

「別人になりすますって、整形か何かで顔を変えて、他人の戸籍を手に入れるってことかい？」

「そう。ガンさんは、どう思う？」

「親分、河原崎がネコババしたのは六百億円もの巨額だぜ。それだけありゃ、一生遊んで暮らせる。わざわざ事業なんか興す気になるかねえ」

岩上は否定的な口ぶりだった。

「確かに一生遊んで暮らせる額だよね。しかし、事業欲のある男なら、そういう生き方は選ばないと思うんだ。何か事業で当てて、資産を何倍にもしたいと考えるんじゃないだろうか」

「野望に燃えてる奴なら、そう思うかもしれないな。人間の欲には際限《さいげん》がないっていうから」

「そうなんだよ。だから、広尾の女たらしに河原崎がどこかの美容整形外科医院に入院してないか調べてもらってるんだ」

「ふうん。親分の勘は冴《さ》えてるから、案外、河原崎はどこかに入院してるかもしれないな」

「そうだといいんだがね。何か動きがあったら、ガンさんに連絡するよ」

唐木田は、また張り込みに専念した。

正午になっても、河原崎は姿を見せなかった。唐木田は張り込みを切り上げ、四谷の自宅マンションに車を向けた。

マンションのある通りに入ると、前方から見覚えのある男が歩いてきた。文英社の

『現代公論』の笹尾副編集長だ。

唐木田は短くホーンを響かせ、笹尾の横に車を停めた。笹尾は唐木田に気づくと、なぜか素振りが落ち着かなくなった。

唐木田はパワー・ウインドーを下げて、笹尾に笑顔を向けた。

「先日は、ありがとうございました」

「いいえ、どういたしまして。このお近くにお住まいなんですか？」

「ええ、少し先のマンションを借りてるんです。笹尾さんのご自宅も四谷にあるんですか？」

「いいえ。この近くに、社会評論家がお住まいなんですよ。その先生のお宅に原稿を貰いに行った帰りなんです」

「そうでしたか。笹尾さん、金沢には？」

「仕事に追われて、結局、本通夜にも告別式にも出席できませんでした。あの世にいる影山氏に恨まれてると思います。若い編集部員がきのうから夏風邪をこじらせて、会社を休んでるんですよ。それで、不義理をすることになってしまったわけです」

「そういう事情なら、仕方がありませんよ。それより、暑いですね。わたしの部屋で、何か冷たいものでもいかがです？」

「せっかくですが、原稿をすぐに印刷所に入れなければならないんです。そんなわけですので、ここで失礼させてもらいます」

笹尾が頭を下げ、そそくさと歩み去った。

唐木田はパワー・ウインドーを上げ、ふたたびレクサスを走らせはじめた。マンションの地下駐車場に車を置き、自分の部屋に入った。

レトルト食品を電子レンジで温め、簡単にブランチを摂《と》った。腹が膨れると、瞼《まぶた》が重くなってきた。

唐木田は長椅子に横になった。二、三時間、昼寝をする気になったのだ。

浅沼からの電話で眠りを突き破られたのは、午後四時過ぎだった。

「河原崎と思われる男が赤羽の美容クリニックに八日前から入院してることがわかりました。そいつは河本《こうもと》と名乗り、目、鼻、頬《ほお》の三カ所の整形手術を受けたそうです」

「そのクリニックの院長とは面識があるのかい？」

「あります。医大の先輩で、学会でもよく会ってます。桑原《くわばら》という院長です。おれ、これから、四谷のマンションに行きますよ。一緒に桑原美容クリニックに行ってみましょう」

「待ってる」

唐木田は電話を切った。

浅沼が迎えに来たのは、およそ三十分後だった。二人はそれぞれ自分の車に乗って、赤羽の桑原美容クリニックに向かった。

目的の医院に到着したのは、五時半ごろだった。

浅沼が応対に現われた看護師に名乗り、院長の桑原に面会を求めた。少し待つと、四十二、三の白衣を着た男が姿を見せた。それが桑原だった。

「お連れの方は？」

「電話でお話しした調査会社の方ですよ。中村さんは、失踪《しっそう》した河原崎隆則を捜してるんです」

浅沼が言い繕《つくろ》った。

桑原は別に怪しむこともなく、唐木田たちを特別室に案内してくれた。

入院患者はベッドに横たわっていた。その顔には、濡《ぬ》れタオルが被せられている。

「何なんだ、あのタオルは⁉」

桑原が驚きの声をあげ、ベッドに駆け寄った。濡れた白いタオルを外し、息を呑《の》んだ。

「先輩、どうされたんです？」

「か、患者さんが死んでる。誰かに濡れたタオルで鼻と口を塞《ふさ》がれて、窒息死させられたんだろう」

「ええっ」

「浅沼君、遺体をそのままにしといてくれよ。いま、一一〇番するから」

「そうしたほうがいいですね」

浅沼が言った。

桑原があたふたと病室から出ていった。唐木田は枕許に歩み寄った。苦しげに顔を歪《ゆが》めているのは、間違いなく河原崎だった。

「どうです?」

浅沼が訊《き》いた。

「整形で目が大きくなって、鼻も高くなってるが、河原崎だよ」

「誰に殺《や》られたんでしょう?」

「そいつはわからないが、河原崎は誰かに唆《そそのか》されて、『マジカル・エンタープライズ』の約六百億円を持ち逃げしたんだろう」

「そうか、そう考えられるな。桑原先輩に面会人がいたかどうか、おれ、訊いてみますよ」

「ああ、頼む。おれはパトカーが駆けつける前に消えよう。あとで、店に来てくれ」

唐木田は特別室を出て、急いで表に飛び出した。

2

手球《てだま》を撞《つ》く。

ブレイク・ショットだった。

唐木田は背筋を伸ばし、緑色の羅紗《ラシャ》の張られた盤面を眺めた。球の散り具合は完璧だ。『ヘミングウェイ』である。

軒灯は点けていなかった。あと数分で、午後六時になる。

唐木田はビリヤード・テーブルを回り込み、指でブリッジを作った。キューを構えたとき、店に浅沼が入ってきた。

「警察に怪しまれなかったか？」

「ええ、大丈夫です。桑原先輩、余計なことは言わなかったから」

「そいつはありがたい。河原崎の所持品を検《しら》べてくれたな？」

唐木田は問いかけ、ビリヤード・テーブルに腰かけた。

「ええ、警察の連中が来る前に病室のロッカーの中にあったトラベルバッグの中身を検べました。河原崎の運転免許証のほかには、二百数十万円の現金と衣類が入ってるだけでした」

「小切手や株券は入ってなかったのか？」

「ええ、一枚も。それから、貸金庫の鍵《かぎ》や通帳の類《たぐい》もありませんでした」

「河原崎を殺《や》った奴が持ち逃げしたのか。それとも、河原崎自身が着服した小切手、株券、現金をどこかに隠したんだろうか」

「それは、どちらとも考えられますね。それより、河原崎を殺した犯人の目星がつきそうなんです」

「誰なんだ、そいつは？」

「J&Kカンパニーのチーフ・トレーダーをやってる軽部陽介《かるべようすけ》って男です。河原崎の上司ですよ」

「なんだって⁉　それじゃ、J&Kカンパニーは会社ぐるみで大杉が資産家たちから騙《だま》し取った六百二億四千万を横領した疑いがあるんだな」

「会社ぐるみかどうかは、まだわかりませんが、軽部が河原崎と結託《けったく》してる疑いは濃いですね」

浅沼がそう言い、唐木田と同じようにビリヤード・テーブルに腰かけた。二人は向き合う形になった。

「軽部って奴は、ちょくちょく河原崎を見舞ってたのか？」

「桑原院長の話だと、ほぼ毎日来てたらしいんですよ。おれのとこもそうですが、美容整形外科医院にはあまり入院患者を見舞う人はいないんです」

「それはそうだろうな。美容整形を受けたことを秘密にしておきたい入院患者が多いだろうからな」

「そうなんですよ。見舞いに訪れるのは、せいぜい家族だけですね。友達や知り合いが来ることは、まずありません」

「軽部が頻繁《ひんぱん》に河原崎を見舞ってたのは、共犯者だからだと言いたいわけだな？」

「ええ、そうです。軽部が河原崎を殺した犯人だと思ったのは、先輩のクリニックで不審な行動をとってたからです」

「ドク、もっと詳しく話してくれ」

「ええ。看護師たちの話だと、軽部は河原崎を見舞うたびに院内を歩き回って、出入口のある場所を確認してる様子だったというんですよ。それで、軽部が濡れタオルで河原崎を窒息死させたんじゃないかと思ったわけです」

「きょう、軽部が見舞いに訪れた姿を見てる看護師さんは？」

「ひとりもいないそうです。もちろん、面会人名簿にも軽部の名は見当たりません。おそらく軽部は裏の通用口から院内にこっそり入って、河原崎を殺害したんでしょう。そして、同じ通用口から逃走したんじゃないのかな」

「軽部って奴のことを少し洗ってみよう。年恰好《としかっこう》や人相の特徴は？」

唐木田は問いかけた。

「四十一、二で、少し額が禿《は》げ上がってます。桑原先輩に防犯ビデオを観《み》せてもらって、軽部の姿が映ってるとこをプリントアウトしてきたんです」

「そいつを見せてくれ」

「はい」

浅沼がビリヤード・テーブルから滑り降り、上着の内ポケットから数葉の写真を取り出した。

唐木田は静止画像をプリントアウトしたものを見た。どれも、やや不鮮明だったが、靴を脱いでいる四十男の顔は見て取れた。軽部は眉《まゆ》が太く、どんぐり眼《まなこ》だった。

「軽部が日本橋の会社にいるかどうか、ちょっと確認してみましょうか？」

「ああ、頼む」

「わかりました」

浅沼は自分の携帯電話を懐から取り出し、NTTの番号案内係にJ&Kカンパニーのテレフォン・ナンバーを問い合わせた。すぐに彼は軽部の勤務先に電話をした。

「グローバル証券の佐藤です。いつもお世話になってます。軽部さんは在社されてます？」

「…………」

「いいえ、替わっていただかなくても結構です。実は優良ハイテク株がありましてね、軽部さんにお奨《すす》めしようと思ったわけなんですよ。軽部さん、まだしばらく会社にいらっしゃいますよね？」

「…………」

「八時過ぎまではいらっしゃる？　それまでにはうかがえると思います。よろしく！」

浅沼が電話を切って、にやりとした。

「おれは日本橋に行く。そっちは、ここで待機しててくれ」

「わかりました。常連客が店に来たら、飲ませてやってもいいんでしょ？」

「ああ、かまわないよ」

唐木田は店を出て、近くに駐《と》めてあるレクサスに乗り込んだ。

日本橋に向かう。J&Kカンパニーは、日本橋三丁目のオフィスビルの五階にあった。

唐木田はオフィスビルの斜め前にレクサスを停め、軽部が現われるのを待つことにした。

まだ七時前だった。唐木田は張り込み用の非常食であるラスクとビーフ・ジャーキーを頬張ってから、岩上と麻実に電話をした。河原崎が桑原美容クリニックで殺されたことを伝え、軽部を張り込み中であることも話した。

唐木田はラークマイルドを喫いながら、これまでの事件の流れを頭の中で整理してみた。一連の事件にノンフィクション・ライターの影山が関心を寄せていたことは間違いないが、彼を葬った人物が未《いま》だに浮かび上がってこない。

単純に思えた事件は、思いのほか錯綜《さくそう》していた。影山は、いったいどんな陰謀を暴こうとしたのだろうか。

軽部をマークしていれば、そのうち邪悪な謀《はかりごと》が透けてくるのか。また、空回りさせられるだけなのか。

短くなった煙草を灰皿の中に入れたとき、携帯電話が着信音を奏《かな》ではじめた。唐木田は携帯電話を懐から摑み出し、耳に当てた。

「宮脇智絵です」

「いろいろ大変だったね。まだ金沢にいるのかな?」

「いいえ、東京にいます。きょうの昼過ぎに、こちらに戻ったんです」

「そう」

智絵が訊いた。

「その後、いかがでしょうか?」

「影山ちゃんを殺したのは、出張売春組織を仕切ってる関根組の関係者と睨《にら》んでたんだが、どうも見当外れだったようなんですよ」

「そうなんですか。宗範さんの事件には関与していないんでしょうか？」

「実は『マジカル・エンタープライズ』の大杉社長を徹底的に調べてみたんだが、影山ちゃんの事件には関わってないようなんだ。それで、新たな容疑者をマークしはじめてるんですよ。ただ、まだ報告できる段階じゃないんで、もう少し時間をください」

　唐木田は言った。

「ええ、それはもう……」

「金沢で何か手がかりを摑まれたのかな？」

「手がかりになるのかどうかわかりませんか、宗範さんは地元の『北陸タイムズ』という新聞に〝ベンチャービジネスの若き旗手たち〟と題する連載コラムを書く予定で、去年の十一月ごろから資料集めをしてたというんです」

　智絵が言った。

「その話は、どなたから聞いたんです？」

「宗範さんの高校時代の友人です。その方は金沢に住んでるんですが、彼の告別式に出てくださったんです。そのときに、そういう話をうかがったんです」

「影山ちゃんは、ベンチャービジネスの成功者列伝を書く予定だったのか」

「そうらしいんです。総合人材サービスで会社を急成長させた方、在宅介護サービスとエステティックを結びつけて〝介護美容〟という新しいビジネスを展開してる起業家、ベンチャーの教祖と呼ばれてる方、通信や携帯電話の販売で大成功した方なんかを十五人ほど取り上げる予定だと言ってたそうです」

「『北陸タイムズ』のほうには？」

「高辻さんが文化部に問い合わせてくれました。宗範さんの連載コラムは、この四月に連載開始予定だったらしいんですけど、取材が不充分だからと言って、彼がスタートを延期してほしいと申し入れたというんです」

「そう。すでに影山ちゃんが取材を済ませた起業家たちの名前はわかるんだろうか」

「高辻さんがその点について、担当の文化部記者に訊いてくれたんですが、宗範さんは具体的なことは何も言わなかったらしいんです」

「宮脇さん、影山ちゃんのマンションでベンチャー起業家に関する資料とか取材メモを見たことはありますか？」

唐木田は訊《き》いた。

「それが一度もないんです。ですから、連載コラムの話を聞かされても、最初は信じられない気持ちでした。彼の部屋に資料や取材メモがまったくないというのも、不思議ですよね」

「そうだな。いつも彼が持ち歩いてたショルダーバッグが消えてるが、その中に資料や取材メモを入れっ放しにしてたとも思えない」

「ええ、そうですね。あっ、もしかしたら……」

智絵が声のトーンを変えた。

「何か思い当たることでも?」

「五月の下旬だったと思いますけど、宗範さんの部屋に空き巣が入ったことがあったんです。金品は盗まれなかったと言ってましたが、彼は妙に暗い顔をしてました。ひょっとしたら、あのとき、取材メモや録音音声のメモリーなんかを盗《と》られたのかもしれません」

「そうだとしたら、影山ちゃんはベンチャー起業家の誰かの後ろ暗い事実を押さえたんでしょう。差し障《さわ》りのない取材メモやインタビューの録音音声のメモリーを盗み出そうとする奴はいませんからね」

「ええ。宗範さんは起業家たちから取材してるうちに、たまたま誰かの悪事を知ってしまったんでしょうか?」

「考えられないことじゃないね。その悪事と出張売春組織は何らかの形でリンクしてた。だから、影山ちゃんは衣料スーパーの社長だった男の感電自殺の新聞記事なんかをスクラップしてたのかもしれない」

「そうなんでしょうか。謎が複雑に絡み合ってて、わたしには犯人が誰なのか、まるでわかりません。警察の捜査も難航してるようですから、唐木田さん、よろしくお願いしますね」

「こうなったら、意地でも犯人を見つけ出しますよ」

唐木田は通話を打ち切り、また思考を巡らせはじめた。

影山を消した人物は、経済やくざの大杉と何らかの接点があるのではないか。その謎の人物が大杉に悪知恵を授《さず》け、資産家たちから六百二億四千万円も吐き出させるように仕向けたとは考えられないだろうか。

『マジカル・エンタープライズ』も一種のベンチャー企業だ。遣《や》り手の起業家たちとの接点がないわけではない。

影山を葬った人物は、大杉とつながりがあったと思われる。だからこそ、影山は麗人社交クラブや『マジカル・エンタープライズ』への出資を強《し》いられたリッチマンたちの周辺を探《さぐ》っていたのだろう。

謎の人物は端《はな》から、大杉が集めた約六百億円を横奪《ど》りする肚《はら》だったのではないか。桑原美容クリニックの病室で口を封じられた河原崎は、おそらく単なる駒《こま》に過ぎなかったのだろう。

共犯者の疑いが濃い軽部も、首謀者とは考えにくい。巨額の横領が会社ぐるみの犯行でなかったら、軽部の背後に顔の見えない黒幕がいる気がする。

唐木田はそこまで推測し、また煙草に火を点けた。

オフィスビルから軽部が現われたのは、八時半ごろだった。ライトグレイの背広姿で、黒革のビジネスバッグを小脇に抱えている。

軽部は車道に寄り、タクシーを拾った。

唐木田は、軽部が乗ったタクシーを尾行しはじめた。タクシーは中央通りに出ると、銀座方面に向かった。

唐木田は慎重にタクシーを追尾《ついび》しつづけた。

タクシーは銀座六丁目から交詢社《こうじゅんしゃ》通りに入り、並木通りを左に折れた。七、八十メートル進み、飲食店ビルの前で停止した。

唐木田はレクサスを路肩《ろかた》に寄せ、先に外に出た。粘《ねば》つくような夜気が不快だった。

軽部がタクシーを降り、飲食店ビルに足を踏み入れた。唐木田は小走りになり、軽部を追った。

軽部はエレベーターを待っていた。

唐木田は軽部に背を向け、エントランス・ホールにたたずんだ。待つほどもなく、エレベーターの扉が開いた。

唐木田は軽部と同じエレベーターに乗り込んだ。軽部に背を向ける位置に立った。ケージの中には、六、七人の男女がいた。

エレベーターが上昇しはじめた。

軽部が降りたのは七階だった。ほかに降りる者はいなかった。唐木田はドアが閉まる直前にエレベーターを降りた。

ちょうど軽部が一軒のクラブに入るところだった。

唐木田は、その店の前まで歩いた。

会員制の高級クラブだった。黒い扉に、銀の華《はな》という文字が見える。店名だ。

唐木田は七、八分経《た》ってから、『銀の華』のドアを手繰《たぐ》った。

すぐに黒服の男がやってきた。三十二、三だろうか。のっぺりとした顔だった。

「メンバーの方ですね？」

「いや、そうじゃないんだ。小粋なクラブなんで、軽く飲みたくなったんだよ」

「申し訳ありませんが、当店はメンバース・クラブですので……」

「そう堅いことを言わないで、水割りを一杯だけ飲ませてくれないか」

唐木田は喋《しゃべ》りながら、店の奥に目をやった。

軽部は最も奥のボックスシートに腰かけ、美しいホステスを四人も侍《はべ》らせていた。

卓上には、カミュのブックボトルが置かれている。安くない酒だ。

「どなたか会員の方とご一緒に来ていただければ、いつでも大歓迎でございます。そうしていただけませんでしょうか」

「あれっ、奥で飲んでるのはJ&Kカンパニーの軽部さんだよね?」

「はい。軽部さんのお知り合いの方でしたか。これは失礼いたしました」

「いや、別に知り合いってわけじゃないんだ。軽部さんは凄腕《すごうで》のトレーダーだから、業界じゃ有名人だからね。面識はなくても、軽部さんのお顔ぐらい存じ上げてるさ」

「軽部さんと同じ業界の方でしたか」

黒服の男が言った。

「まあね。軽部さんは投資顧問会社の連中と飲みに来てるの?」

「いいえ、ベンチャー企業の方といらっしゃるだけですね。その方の紹介で、軽部さんも当店のメンバーになってくださったんです」

「ベンチャー企業の方って、誰なの? かなりリッチなんだろうな、こういう超高級クラブの会員なんだから」

唐木田は誘い水を撒《ま》いた。

「その方のお名前は、ご勘弁ください」

「『ソフトストック』か『グッドビュー』あたりの社長かな?」

「申し訳ありませんが、どうかお引き取りください」

黒服の男が両腕を前に突き出し、済まなそうに言った。

唐木田はオーバーに肩を竦《すく》め、『銀の華』を出た。飲食店ビルを出ると、レクサスに乗り込んだ。車の中で張り込む気になったのである。

唐木田はシートを傾け、深く凭《もた》れかかった。

3

焦《じ》れてきた。

唐木田はシートを起こした。

間もなく十時になるが、軽部はいっこうに飲食店ビルから出てこない。

『銀の華』の閉店時間まで粘る気なのか。そして、軽部は馴染《なじ》みのホステスとホテルにしけ込むつもりなのだろうか。

張り込みは、いつも自分との闘いだった。

待ち疲れて急《せ》いたりすると、だいたい悪い結果を招く。マークした人物が動きだすのをひたすら待つ。それが最良の方策だった。

唐木田は焦《あせ》る気持ちを鎮《しず》め、ラークマイルドに火を点けた。ふた口ほど喫《す》ったとき、ホームレス刑事から電話がかかってきた。

「親分、赤羽署でちょっとした情報を入手したよ。警察学校で同期だった奴が刑事課長をやってんだ」

岩上が言った。

「そう。で、情報というのは？」

「桑原美容クリニックで殺された河原崎は先月、銀行に四千万円近い金を預けたそうだぜ」

「J&Kカンパニーの給料がよかったといっても、それだけの大金をいっぺんに預金はできないだろう。河原崎が大杉の運用資金を着服したことは間違いないな」

「状況証拠はクロだね。それから、もう一つい情報があるんだ。きょうの午後四時過ぎに、桑原美容クリニックの通用口から四十一、二のどんぐり眼《まなこ》の男が慌《あわ》てた様子で飛び出してくる姿を近所の主婦が目撃してるというんだよ」

「その男は、軽部陽介にちがいない」

「だろうね。河原崎を唆《そそのか》したのは、軽部と考えていいだろう。二人は分け前の取り分を巡って、おそらく揉《も》めたんだろうな」

「それも考えられるが、軽部は最初っから河原崎を消す気だったんじゃないだろうか」

唐木田は言った。

「つまり、軽部は河原崎を利用しただけで、端から横領する気はなかったということかい？」

「いや、そうじゃないと思うよ。河原崎も軽部も、ただの駒だったんだろう」

「誰が駒を動かしてると……」

「まだ確証は摑んでないんだが、落ち目になりかけてるネット成金が軽部たち二人を巧みに煽《あお》って、『マジカル・エンタープライズ』の六百二億四千万円を着服させたんじゃないのかな」

「ネット成金か。ここんとこ、ベンチャーバブルが弾けはじめてる。親分がそう推測したのは、なぜなんだい？」

岩上が問いかけてきた。

唐木田は『銀の華』の黒服の男に聞いた話をした。

「なるほどね。ひところ週刊誌なんかで盛んにネット長者たちのことが取り上げられてたが、最近は経営破綻《はたん》に陥ってるベンチャー企業が多くなったみたいだな」

「そうだね。日本のベンチャー起業家たちが教祖と呼んでる男が率《ひき》いてるソフトストックの株価も低迷してるようだから、ベンチャー幻想の魔法が利かなくなってるのかもしれない」

「何年か前まで、連中は日本経済の救世主だなんてもてはやされてたんだがね」

岩上が言った。

「ベンチャーバブルのピークのときは、ソフトストックの総資産は三十数兆円とか言われてた。総合人材サービスで経営基盤を固めてＩＴ（情報技術）関連産業で巨万の富を得たグッドビューも、いまや他業種に参入せざるを得なくなってる」

「携帯電話を売りまくって急成長した明光《めいこう》通信もグループの代理店が次々に潰《つぶ》れ、青《あお》息吐息《いきといき》だって話じゃないか」

「そうらしい。ソフトストック、グッドビュー、明光通信のオーナー社長たちは〝ベンチャーバブル三兄弟〟なんて言われて、常にマスコミの脚光を浴びてたんだがね」

唐木田は言った。

「栄枯盛衰《えいこせいすい》は世の常さ。それにしても、大儲《おおもう》けしてた三社がそうなんだから、それ以下のベンチャー企業は相当苦しいんだろうな」

「だろうね」

「となると、落ち目のネット成金が大杉の運用資金をそっくり横奪《よこど》りする気になっても不思議じゃないわけだ」

岩上が言った。

「ああ、そうだね。大杉が資産家たちから脅し取った形の六百二億四千万円は詐取されても、被害届は出せない性格の隠し金だ。なかなか目のつけどころがいい」

「そうだな。ネット成金の誰かが河原崎と軽部を駒にしてたという話はわかるが、書き屋の死との結びつきが、どうもよくわからないね」

「ガンさんにはまだ話してなかったが、影山ちゃんの婚約者だった宮脇智絵から新情報が入ったんだ」

　唐木田はそう前置きし、影山が『北陸タイムズ』に連載予定だったコラムのことを詳しく喋った。

「そうだったのか。それなら、書き屋とベンチャー起業家たちの接点はあるだろう。その連載コラムの取材中に、書き屋はネット成金の悪事を嗅ぎ当てたようだな」

「おれは、そう思ってるんだ」

「親分、おれたちはずいぶん回り道しちまったな」

「おれの読みが浅かったんだよ。考えてみりゃ、社会派ライターだった影山ちゃんが企業舎弟の悪辣《あくらつ》な裏金集めだけに関心を示すわけなかったんだよな。そのことに、もっと早く気づくべきだった」

「なんか耳が痛いね」

「えっ、どうして？」

「元判事の親分と違って、おれはずっと犯罪捜査の現場を歩いてきた人間だ。親分よりも、このおれが先に気づかなきゃいけなかったんだよ。無能刑事だね、おれは」

　岩上が自分を責めた。

「ガンさんに落ち度はないさ。チームのまとめ役のおれがいけないんだ。それはそれとして、軽部に張りついてりゃ、きっと黒幕の顔が透けてくるにちがいない」

「ああ、多分ね。親分、首謀者が誰であったとしても、そいつは単に『マジカル・エンタープライズ』の裏金を手に入れたかっただけなのかね？　おれは、どうもそれだけじゃないような気がするんだ」

「ガンさん、話をつづけてくれないか」

「それじゃ、ちょっと喋らせてもらおう。約六百億を手に入れた奴は、その銭を事業の運転資金に回すだけなのかね？　おれは、それだけじゃないと思うんだ」

「奪った巨額を遣って、何かとんでもない悪巧みをしてるんじゃないかってことだね？」

　唐木田は確かめた。

「ああ。さっき親分が言ってたように、書き屋は硬派のライターだった。経済やくざやネット成金が汚い手で銭儲けをしてても、それだけじゃ取材する気にはならないと思うんだよ」

「言われてみれば、社会派ライターが選ぶようなネタじゃないね。影山ちゃんは一貫して、社会問題を手がけてたから」

「そうなんだよ。そういうことを考えると、書き屋が追っかけてた悪党は何かでっかい陰謀のために、『マジカル・エンタープライズ』の裏金を奪ったんじゃないのかね？」

「ガンさん、どんな陰謀が考えられる？」

「たとえば、大物政財界人の暗殺を企《くわだ》てるとか、首都機能を麻痺《まひ》させて国から巨額を脅し取ろうとしてるとか。あるいは、原発のコンピューター・システムを破壊して、電力会社から数千億円をせしめようとしてるとかね。待てよ、どれも劇画チックだな」

「そうとも言えないと思う。実際、何が起こってもおかしくないような時代だからね」

「親分は、どんなふうに考えてるんだい？」

「なんの根拠もないんだが、首謀者がネット成金だとしたら、何かサイバーテロを企んでるのかもしれない」

「あっ、なるほどね」

「何かの本で読んだんだが、先進国の軍事施設や大企業はコンピューター・ウイルス対策には万全を尽くしてるが、完全にハッカーを撃退することは不可能らしいんだ。システムそのものに侵入の抜け道があるし、電磁波も弱点になるそうなんだよ」

「電磁波も弱点になるって⁉」

岩上の声が裏返った。

唐木田は書物で得た知識を語りはじめた。

コンピューターの情報を送るケーブルからは、必ず電磁波が放出されてしまう。高性能な受信機を使えば、送信情報の内容は傍受《ぼうじゅ》できる。

文字情報だけではなく、映像情報も簡単に盗める。どちらも、デジタル信号が使われているからだ。電磁波漏れに無防備な端末やケーブルなら、百メートル離れた場所からも傍受される恐れがある。

米国防総省をはじめ、先進国の軍事施設はどこもデータ交信には電磁波漏れ防止対策を施している。しかし、電磁波の放出を完全に防ぐことは難しい。

コンピューターから漏れる電磁波は厚いコンクリートの壁で隔《へだ》てられていても、読み取られてしまう。

その防止策として、軍事施設はコンピュータールーム全体をシールドしている。だが、レーザーを使われたら、完璧には防げない。漏れた電磁波をキャッチし、信号処理して、画面に再現することは〝盗視〟と呼ばれている。

「名うてのハッカーが特定の軍事情報や経済金融情報を混乱させたら、その国はパニックに陥っちまうな」

「下手したら、国そのものが滅びるだろうね。アメリカの産業界はハッカーによって、年に三千億ドル以上の損害を被《こうむ》ってるというんだ。犯罪組織がハッカーを雇って、企業を恐喝する件数も年々増えてるらしい」

「日本も、その手の新しい犯罪が多くなりそうだな。黒幕がサイバーテロを考えてるって話もうなずけるね」

「とにかく、軽部をマークしてみるよ」

「親分、気をつけてな」

岩上が先に電話を切った。

唐木田は車を十メートルほど前進させ、飲食店ビルの表玄関に目を注いだ。軽部が姿を見せたのは、十時半過ぎだった。

ひとりではなかった。二十代半《なか》ばの女と連れだっていた。『銀の華』で見かけたホステスのひとりだ。

白地に黒のプリント柄の入ったミニワンピースを着ている。化粧は、かなり濃い。肢体は肉感的だった。

二人は何か談笑しながら、数十メートル先にある鮨屋《すしや》に入った。腹ごしらえをしてから、ホテルに向かうのかもしれない。

唐木田は鮨屋の少し手前にレクサスを停め、また張り込みはじめた。

十分ほど経《た》ったころ、今度は浅沼から電話がかかってきた。唐木田は岩上から聞いた話を手短に語った。

「だんだん黒幕に近づいてきましたね」

「そうだな。ところで、何か用があったんだろ？」

「ちょっと気になる奴が『ヘミングウェイ』の前を行ったり来たりしてたんですよ。あの男、影山さんと一緒に来たことがあるんだけど、名前を思い出せないんです。確か雑誌編集者だったと思うがな」

「文英社の笹尾繁じゃないのか？」

「そうだ、そうです。『現代公論』の副編集長ですよ。ええ、間違いありません。うーっ、すっきりした」

「笹尾は店の中の様子をうかがってるようだったんだな？」

「ええ、そんなふうに見えました。笹尾って奴、どういうつもりなんでしょうね？」

浅沼が言った。

「ひょっとしたら、彼はおれたちの動きを探《さぐ》ってるのかもしれない」

「えっ」

「おれのマンションの近くでも笹尾繁を見かけたことがあるんだ」

「ということは、あの雑誌編集者は敵のスパイか何かなんですかね？」

「そこまで言える段階じゃないが、笹尾の行動が気になるな。まだ店の外にいそうなのか？」

「もういないと思います。うろついてたのは、十五分ぐらい前のことですから」

「もし笹尾が現われたら、ドク、そっと彼を尾《つ》けてみてくれ」

「わかりました」

「午前零時になってもおれからの連絡がなかったら、店を閉めて帰ってくれ」

唐木田は携帯電話の終了キーを押して、煙草をくわえた。

笹尾は割に影山と親しいようだった。それなのに、影山の仮通夜に顔を出していない。仕事に追われて、金沢にも出かけられなかったと言っていた。

部下が夏風邪をこじらせて欠勤しているという話だったが、それだけの理由で弔《ちょう》問《もん》できなかったのだろうか。

いささか不自然な気もする。笹尾は別の理由から、弔《とむら》いを避けたのではないのか。もしかすると、彼は影山の死の真相を知っているのかもしれない。だとしたら、敵の内通者とも考えられる。

唐木田は短くなった煙草を灰皿の中に突っ込んだ。そのすぐあと、一台の無線タクシーが鮨屋の前に停まった。

短くホーンが鳴らされた。

すると、鮨屋から軽部と連れのホステスが出てきた。二人はタクシーに乗り込んだ。

唐木田はハンドブレーキを解除した。

タクシーは第三京浜をひた走り、横浜横須賀道路に入った。衣笠《きぬがさ》から三浦半島の相模湾《さがみわん》に出て、さらに城ヶ島《じょうがしま》方面に向かった。どうやら軽部は、女と隠れ家《が》にしばらく身を潜《ひそ》める気らしい。

唐木田は充分に車間距離を取りながら、前走のタクシーを追った。

やがて、タクシーが停止した。

油壺《あぶらつぼ》ヨットハーバーの前だった。細長い湾内には、数十隻のヨットやクルーザーが浮かんでいた。

唐木田はヨットハーバーの端に車を停め、軽部たちの様子をうかがった。

二人がタクシーを降り、桟橋《さんばし》に向かった。軽部は女の手を引いていた。

桟橋の突端に大型クルーザーが舫《もや》われている。まだ割に新しい。純白の船体に、マリンブルーの線が横に走っていた。

二人は桟橋から、大型クルーザーに跳《と》び移った。全長二十メートルは優にありそうだ。

船室《キャビン》の円窓《まるまど》が明るくなった。

トパーズ色の光は、甲板《デッキ》を淡く照らしている。クルーザーは、ほとんど動かない。べた凪《な》ぎだった。

軽部のクルーザーではないだろう。背後にいる人物の所有艇と思われる。

唐木田は車の中でラークマイルドを一本喫った。

ヨットハーバーに人影はなかった。

唐木田はグローブボックスに手を伸ばした。二本のアイスピックとノーリンコ54を摑み出し、ベルトの下に差し込む。

唐木田は静かに車を降りた。

潮の香りに包まれた。海から湿った微風が吹きつけてくる。

耳を澄ますと、ヨットの舷《ふなばた》を洗う波の音が小さく響いてきた。

ヨットハーバーを見下ろす丘の上に、ヨッテルやリゾートマンションが建ち並んでいる。窓の半数近くは暗かった。

唐木田は岸壁伝いに歩き、栈橋に足を踏み入れた。

潮風が頬を撫《な》でた。眼下の黒々とした海面は緩《ゆる》くうねっている。

唐木田は足音を殺しながら、突端まで進んだ。

大型クルーザーの船体には、バネッサ号という艇名が掲《かか》げてあった。唐木田は、あたりを素早く見回した。人の姿はなかった。

唐木田は甲板《デッキ》に乗り移った。

ノーリンコ54を握り締め、操舵室《コックピット》を回り込む。エンジンは静止したままだ。足音を忍ばせながら、船室《キャビン》の出入口に近づく。

ドアは閉まっていたが、覗《のぞ》き窓から中が見える。右手に小さな調理台があり、冷蔵庫が横に据《す》えてあった。

反対側にはL字形のカウンターがあり、ベンチシートとセットになっていた。その向こうには、トイレとシャワールームが並んでいる。

奥はベッドルームになっているようだ。

ドアは閉ざされている。ベンチシートの上には、脱ぎ捨てられた背広やワイシャツが重ねてあった。

唐木田は船室のドアを静かに開けた。数秒間、息を詰める。

奥の寝室で人の動く気配はしなかった。サングラスで目許《めもと》を隠す。

唐木田は短い梯子段《はしごだん》を下《くだ》って、拳銃の撃鉄《ハンマー》を左手の腹で掻《か》き起こした。

抜き足で、奥に進む。

ドア越しに、男と女の激しい息遣《いきづか》いが洩《も》れてきた。軽部はクラブホステスと情事に耽《ふけ》っているようだ。

ノブに手を掛ける。

なんの抵抗もなく回った。

唐木田はドアを引いた。ベッドの上で、全裸の男女が性器を舐《な》め合っていた。軽部とクラブホステスだ。

「お娯《たの》しみは、そこまでだ」

唐木田は大声で言った。

裸の二人が弾《はじ》かれたように離れた。女はタオルケットで裸身を覆い隠した。

「何者なんだっ」

軽部が股間《こかん》を手で隠し、虚勢を張った。表情には、恐怖の色が濃く貼りついている。

「きみは『銀の華』のホステスさんだな？」

唐木田は軽部を黙殺し、女に声をかけた。

「そうだけど、なぜ、わたしのことを知ってるの⁉」

「二人を銀座から尾《つ》けてきたのさ。おれは、軽部に用があるんだ。きみは帰っていい。ただし、警察に駆け込んだりしたら、命は保証しないぜ」

「わかったわ。あんたのことは誰にも言わない。約束するわよ」

クラブホステスはカーペットの上から自分のランジェリーとミニワンピースを拾い上げ、すぐにベッドから出た。

軽部が心細そうな顔で、幾度も女に呼びかけた。しかし、女は何も答えなかった。体をわななかせながら、黙々と衣服をまといつづけている。

じきに彼女は船室から出ていった。ハイヒール・サンダルの音が聞こえなくなった。

「どうして、あんたがわたしの名を知ってるんだ⁉」

軽部が呟くように言った。

「この拳銃はモデルガンじゃない。撃たれたくなかったら、訊かれたことだけに答えるんだ。いいな？」

「ああ、わかったよ」

「赤羽の桑原美容クリニックで河原崎を濡れタオルで窒息死させたのは、あんただなっ」

「そ、それは……」

「死にたくなったようだな」

唐木田は両手保持でノーリンコ54を構え、引き金の遊びをぎりぎりまで絞った。

「お願いだから、撃たないでくれ！」

「早く質問に答えろっ」

「仕方がなかったんだよ。河原崎を始末しなければ、わたしを殺すと脅されたんでね」

「誰に脅されたんだ？　そいつの名を言うんだっ」

「えーと、それはグッドビューの折戸《おりと》雅信《まさのぶ》社長だよ」

「〝ベンチャーバブル三兄弟〟のひとりか。あんた、一瞬ためらってから、返事をしたな。本当に折戸に頼まれたのか？」

「そうだよ。折戸さんは在宅介護ビジネスに手を染めたんだが、赤字つづきなんだ。それで、折戸さんはベンチャー企業を立ち上げたいと考えてた河原崎とわたしに……」

軽部が口ごもった。

「『マジカル・エンタープライズ』の裏金を横奪《よこど》りしろと情報を与えてくれたわけか？」

「そう、そうなんだよ。折戸さんは、大杉が資産家たちを出張売春の罠《わな》に嵌《は》めて、約六百億円の金を集めたと教えてくれたんだ。その何日か後に、大杉さんから六百二億四千万の運用をJ&Kカンパニーに任せたいという連絡があったんだよ」

「で、渡りに船とばかりに河原崎が預かった預金小切手、株券、現金をそのままネコババしたというのか？」

「その通りだよ。折戸さんはそれを知って、河原崎とわたしに着服した大杉の金をグッドビューに貸してくれたら、わたしたち二人を傘下企業の社長にしてくれると言ったんだ。わたしはそれでもいいと思ったんだが、河原崎はあくまでも自分のベンチャー企業を興したいと主張して、折戸さんには情報料として六十億円だけ払うと頑に……」

「折戸は六十億の情報料だけじゃ不満だと、あんたたちに脅しをかけてきたわけか？」

唐木田は先回りして、そう言った。

「そうなんだよ。それも警察に密告するんじゃなくて、大杉に何もかも話してやると言いだしたんだ。それで河原崎の奴はすっかりビビっちゃって、自分は五千万円だけ貰えばいいと言ったんだよ。折戸さんは、その申し出をすんなり受け入れた。河原崎は貰った金の大半を銀行に預け、残りの金で整形手術を受けたんだよ。あいつは、東南アジアに高飛びするつもりだったんだ」

「しかし、折戸は河原崎を生かしておくのは危険だと考え、あんたに始末しろと命じたというのか？」

「その通りだよ。わたしは、折戸という男が怕《こわ》くなったんだ。彼は裏社会の顔役たちとも繋がってるようなんでね」

「着服した金は、折戸が保管してるのか？」

「ああ。総額で、まだ六百億円以上はあるはずだよ。河原崎が五千万、わたしが一億しか貰ってないからね」

「折戸の口から、影山というノンフィクション・ライターのことを聞いたことは？」

「一度だけ聞いたことがあるよ。そのノンフィクション・ライターが折戸さんの身辺を嗅ぎ回ってるとかで迷惑がってた」

「そうか」

「きみ、トイレに行かせてくれないか。小便が洩れそうなんだ」

「いいだろう」

軽部が急いでトランクスを穿《は》き、ベッドを降りた。

唐木田はベッドに腰かけた。軽部が寝室を出るなり、ドアを勢いよく閉めた。逃げる気らしい。

唐木田は立ち上がり、ドアを開けた。

軽部は梯子段に片足を掛けていた。唐木田はノーリンコ54を左手に移し、利き腕でアイスピックを投げた。

わずかに的《まと》を外してしまった。

軽部が甲板《デッキ》に駆け上がった。唐木田はすぐさま追った。

甲板に上がったとき、軽部が海に飛び込んだ。派手な水音がし、飛沫《しぶき》が散った。

唐木田は甲板の手摺《てすり》に走り寄った。

目を凝《こ》らす。そのうち軽部は、水面から頭を出すだろう。

唐木田は上着を脱ぎ捨てた。軽部が浮上した場所を目で確かめてから、海に飛び込むつもりだった。

だが、いくら待っても海面は白く泡立たない。軽部は息のつづく限り潜水で進み、ヨットの陰に身を潜《ひそ》めるつもりなのだろう。

唐木田はノーリンコ54を腰に戻し、手早く上着を羽織《はお》った。栈橋に飛び降り、中腰で横に走りはじめた。

4

人影は近づいてこない。

唐木田は栈橋の暗がりに屈《かが》んでいた。

バネッサ号の近くだ。桟橋と海を交互に見ていた。軽部がトランクス一枚だけの姿で海に飛び込んでから、すでに一時間が経過している。

だが、いっこうにクルーザーに戻ってこない。

パンツ一丁では、陸《おか》には上がれないだろう。まだ軽部は、湾内のどこかに隠れているにちがいない。おおかた他人のヨットの中に潜《もぐ》り込んでいるのだろう。

唐木田はヨットハーバーの岸壁と桟橋の間を何往復もした。目の届く範囲のヨットやクルーザーには、軽部は潜んでいなかった。桟橋から最も離れたヨットの中にでも這《は》いつくばっているのか。

もうしばらく待てば、軽部はバネッサ号に戻ってくるだろう。

唐木田は煙草が喫《す》いたくなった。だが、桟橋で煙草に火を点けるわけにはいかない。軽部に煙草の火を見られる恐れがある。

唐木田は姿勢を低くしたまま、バネッサ号に乗り込んだ。

船室《キャビン》で一服してから、軽部のビジネスバッグの中を検《しら》べた。残念ながら、手がかりになりそうな物は見つからなかった。背広のポケットの中も探《さぐ》ってみたが、徒労に終わった。

唐木田はベンチシートに腰かけ、麻実の携帯電話を鳴らした。

麻実は、なかなか電話口に出ない。もう寝てしまったのだろうか。

終了キーを押そうとしたとき、やっと通話状態になった。

「おれだ。寝てたようだな？」

「ううん、お風呂に入ってたのよ。きょうは、病院の霊安室で繕《つくろ》い仕事があったの」

「例によって、病理解剖された死体に付着した血痕《けっこん》をきれいに拭《ぬぐ》ってやったわけだ？」

「ええ。それから体中の穴に脱脂綿を詰めてあげて、亡くなった人の両手を組み合わせてやったの。作業中はゴム手袋を嵌《は》めてるんだけど、死臭が体全体に染《し》み込んじゃうから、いつもより時間をかけて入浴してたのよ」

「大変な仕事だな。しかし、そういうことは本来、看護師たちの仕事なんだろう？」

唐木田は確かめた。

「ま、そうね。でも、そのぐらいのサービスはしないと、ほかの葬儀社に喰《く》い込まれちゃうのよ。大きな総合病院の指定業者になると、安定した売上が期待できるの。なにしろ、毎月二、三十人の患者さんが亡くなってるわけだから」

「同業者たちは医師、看護師長、事務局長なんかに付け届けをして、指定の葬儀社になりたがってるんだろうな」

「盆暮れの付け届けは常識ね。看護師長や事務局長に袖の下を使ってる業者もいるし、中には解剖したままの傷口を進んで縫合《ほうごう》したがる葬儀社だって……」

「傷口の縫合は医者の仕事じゃないのか？」

「基本的にはそうなんだけど、どうせ焼いちゃうからと、大雑把《おおざっぱ》に縫い合わせるドクターもいるのよ。縫合の仕方が甘いと、内臓が食《は》み出しちゃったりすることがあるの。そのままだと、遺族の目に触れちゃう恐れもあるでしょ？」

「だろうな」

「それだから、葬儀社のスタッフが縫い直したりしてるの。死んだ父や兄の話だと、そういうことは昔からあったそうよ」

麻実が言った。

「ひどいもんだな。医師や看護師たちは怠慢《たいまん》すぎる」

「もちろん、そういう病院ばかりじゃないわ。だけど、さっき話したようなところもあるの」

「そんな調子じゃ、葬儀社だけじゃなく、出入りの製薬会社、医療機器メーカー、寝具店、クリーニング業者といった出入り業者はたいていいじめられてるわけだな？」

「いじめられてるとは感じてないんじゃないかしら？　どんなビジネスだって、大きな仕事を得ようとしたら、それなりの接待やサービスは惜《お》しまないと思うの。いやらしい言い方になるけど、損して得取れってやつよね」

「きみも、そんなふうに割り切ってるのか？」

唐木田は問いかけた。

「割り切らざるを得ないわ。十六人の社員を抱えてるわけだから、ある程度の年商は上げないとね」

「それはそうだろうが……」

「あなたは大切な男性《ひと》だけど、わたしのビジネスについて批判めいたことは言ってほしくないな。経営者は、従業員たちを路頭に迷わせるわけにはいかないのよ」

「それはわかってるさ。しかし、過剰なサービスをしてまで大きな仕事を得たいと思うのは……」

「考え方が卑《いや》しい？」

「そこまでは言わないが、別の形で営業努力をすべきなんじゃないのか？」

「あなたはお坊ちゃん育ちで、元判事だったたから、商売の厳しさがわからないのよ」

「おれは、別に坊ちゃん育ちじゃない。父親が弱電関係の特許を幾つか持ってたんで、経済的には少し恵まれた家庭だったがね」

「わたしから見たら、お坊ちゃん育ちよ。もうよしましょ、こんな話は。何か急用があったんでしょ？」

麻実が辛そうに話題を変えた。

唐木田はヨットハーバーでの出来事を話し、麻実に問いかけた。

「バネッサ号の所有者を確認したいんだが、横浜の第三海保《かいほ》で調べられるだろうか？」

「ええ、わかるはずよ。海保の当直官に電話をして、調べてもらうわ」

「そうか。よろしく頼む」

「折り返し連絡するわ」

「ああ、待ってる」

唐木田は終了キーを押し、マナーモードに切り替えた。携帯電話を懐に戻し、ふたたびラークマイルドをくわえる。

麻実から電話がかかってきたのは、およそ十分後だった。

「バネッサ号の所有者は、グッドビューの折戸雅信じゃないわ。明光《めいこう》通信グループの総帥《そうすい》の重村清光《しげむらきよみつ》よ」

「軽部は、おれをミスリードさせたかったんだな」

唐木田は忌々《いまいま》しさを覚えた。

総帥といっても、重村はまだ三十五歳だった。二十代の半《なか》ばに明光通信を設立し、携帯電話、レンタルサーバー、信販会社やサラ金の提携カードなどの販売を手がけ、飛躍的に業績を伸ばした。

数年前には世界五位の資産家として、英米の経済誌に取り上げられた。それ以来、日本のマスコミにもしばしば登場している。

わずか七、八年で自分の会社を急成長させ、数兆円の富を手にした重村はまさにネット成金だった。明光通信の特約店は全国に二千三百店もあり、アルバイトの従業員を含めて社員数は一万人近い。

重村は港区白金《しろかね》の豪邸に美人妻と住み、珍獣や爬虫類《はちゆうるい》をたくさん飼っていることでも知られていた。超高級車を二十台も持ち、クルーザーや自家用ジェット・ヘリコプターも所有している。

唐木田は週刊誌のグラビアを見て、重村の顔を知っていた。目つきが鋭いが、そのほかは大きな特徴はない。どこにでもいそうな三十男だ。

「快進撃をつづけてきた明光通信も二年ぐらい前から急に株価が下がりはじめて、この春の中間決算では確か百三十億円の営業赤字を出してるわ」

麻実が言った。

「実際には、もっと赤字は大きいはずだ。人気を誇《ほこ》ってた明光通信の株価は連日、最安値を更新してる。ピーク時には二十四万円も付けた株価が、いまや二万円弱だ。子会社七社の株価も下落し、特約店も販売不振だよな？」

「ええ、そうね。特約店の何割かは倒産の危機を迎えてるって記事を読んだことがあるわ。その経営誌によると、もともと明光通信の販売システムに問題があったらしいの」

「どんな？」

唐木田は問いかけた。

「携帯電話を例に取ると、重村は傘下の全代理店に一台約五万円で卸して、契約が成立したら、ほぼ同額の手数料を払ってるらしいの」

「それじゃ、代理店の利益は出ないじゃないか」

「そこに、裏の仕掛けがあるのよ。重村は正規のコミッションのほかに、一台に付きインセンティブという一種の報奨金《ほうしょうきん》を払うと約束してるらしいの」

「その報奨金が特約店の儲けになるわけか」

「ええ、そうね。ただ、インセンティブの支払いに関しては不透明な口頭契約なんだって。つまり、口約束ってわけよね」

「ずいぶんラフな契約だな」

「代理店の社長たちは重村の信奉者ばかりだから、書類にしてくれとは言いにくかったんでしょうね。明光通信の株価が上昇してるときは、きちんと報奨金は払われてたようなんだけど、株の売りが多くなったとたん、いろんな理由をつけて、インセンティブの支払いを渋るようになったらしいの」

「それで、代理店の経営も危《ヤバ》くなってるんだな」

「そうみたいね。特約店契約を解《と》くには、かなりの額のペナルティーを明光通信に払わなきゃならないんだって」

麻実が言った。

「それじゃ、特約店は重村から逃げたくても逃げられないわけだ」

「ええ、そういうことになるわね。重村は自分が築き上げた城が落ちる日は近いと予感して、何かダーティー・ビジネスをはじめる気になったんじゃないのかしら？　それだから、河原崎や軽部をうまく利用して、『マジカル・エンタープライズ』の裏金を横奪《よこど》りさせたんじゃない？」

「その疑いは濃いな。軽部がクルーザーに戻ってきたら、とことん痛めつけてみるよ」

「ガンさんやドクと一緒に油壺に行こうか？」

「いや、おれひとりで大丈夫さ」

「それじゃ、何かあったら、出動命令を出してね」

「わかった。そうしよう」

唐木田は携帯電話を上着の内ポケットにしまい、甲板《デッキ》に出た。

船縁《ふなべり》に肘《ひじ》を掛け、暗い海を透かして見る。

やはり、動くものはない。

背筋を伸ばしたとき、左耳に強烈な風圧を感じた。銃弾の衝撃波だった。一瞬、聴覚を失った。

唐木田は振り向いた。

桟橋に黒いスポーツキャップを目深《まぶか》に被った男が立っていた。暗くて顔はよく見えない。右手に筒状の物を握っている。消音器を装着した自動拳銃だった。

唐木田は中国製トカレフのノーリンコ54を引き抜いた。撃鉄《ハンマー》を起こそうとしたとき、男の手許で点のような光が閃《ひらめ》いた。銃口炎《マズル・フラッシュ》だった。

次の瞬間、金属音がした。

放たれた弾《たま》はノーリンコ54を弾き飛ばした。

唐木田は右腕に痺《しび》れを感じた。それほど銃弾は威力があった。

拳銃は海中に落ちてしまった。

唐木田は船室《キャビン》の陰に逃げ込んだ。すぐに三発目が飛んできた。船室の羽目板が穿《うが》たれ、破片が舞った。

唐木田はアイスピックを二本引き抜き、船室《キャビン》を回り込んだ。

誘いだった。狙撃《そげき》者がクルーザーに移る瞬間に反撃するつもりでいた。

しかし、サイレンサー付きの自動拳銃を構えた男は栈橋に立ったまま、少しも動こうとしない。

徒者《ただもの》ではなさそうだ。

といっても、筋者《すじもの》には見えなかった。落ち着き払った様子を見ると、射撃術に長《た》け、格闘技の心得もありそうだった。

刑事崩れか。それとも、元自衛官なのかもしれない。

唐木田は船尾に移動し、あたりを見回した。

近くに青いクーラーボックスがあった。二本のアイスピックを口にくわえ、クーラーボックスを両手で抱え上げる。

そのまま横に移動し、唐木田は操舵《そうだ》室の向こう側にクーラーボックスを投げた。

甲板《デッキ》が高く鳴った。すぐに着弾音がした。

唐木田は急いで船室《キャビン》を迂回《うかい》し、刺客《しかく》にアイスピックを投げつけた。相手が軽やかな身ごなしでアイスピックを躱《かわ》し、銃弾を見舞ってきた。

唐木田は身を伏せた。

放たれた銃弾は彼の頭上すれすれのところを駆け抜け、縁板《ブルワーク》にめり込んだ。

男が横に走った。

唐木田は起き上がり、ふたたびアイスピックを投げた。

今度は、敵の太腿《ふともも》に突き刺さった。黒いスポーツキャップを被った男が呻いて、片膝を落とした。

すぐにアイスピックの柄を摑んだ。引き抜く気らしい。

唐木田はバネッサ号から桟橋に跳び降りた。一気に駆け寄り、男に体当たりする気でいた。

　助走をつけて、突進していく。

　男はダンスのステップを踏むように、軽やかに横に動いた。唐木田は肩から前に転がる恰好《かっこう》になった。身を起こす前に、後頭部にサイレンサーの先端を押し当てられた。心臓がすぼまった。

「いくら待っても、おたくは軽部とは会えないぜ」

「あんたは、重村に雇われた殺し屋らしいな？」

「重村？　誰のことなんだ？」

「白々しいぜ。軽部は黒幕がグッドビュー・グループの折戸雅信だと言ってたが、そんな子供騙《だま》しの手に引っかかるもんか。おれは、バネッサ号の持ち主が明光通信の重村社長だってことを確認済みなんだ」

「…………」

　男は黙したままだった。

「ネット成金も、いまや破滅寸前だ。重村は『マジカル・エンタープライズ』から奪った六百億を元手にして、今度はどんなダーティー・ビジネスをおっぱじめる気なんだ？」

「這いつくばれ。頭を一発でぶち抜いてやろう」

「おれを撃つ前に、一つだけ教えてくれ」

「何を知りたがってるんだ？」

「ノンフィクション・ライターの影山宗範を誰かに轢き殺させたのは、重村清光なんだなっ」

「おたくの言ってることはさっぱりわからない。もう観念して、言われた通りにしてもらおうか」

「くそっ」

　唐木田は這った。

　男がゆっくり立ち上がった。唐木田は後ろ蹴りを放った。右の靴底が相手の向こう臑《ずね》に当たった。男が口の中で呻いた。

　唐木田は両腕を突っ張らせ、体を浮かせた。

　男が体のバランスを崩した。唐木田は立ち上がって、横蹴りを浴びせた。

　スポーツキャップの男がよろけて、尻から落ちた。だが、サイレンサー付きの拳銃は落とさなかった。

　ここで、むざむざと殺されたくはない。

　唐木田は桟橋の突端から身を躍《おど》らせた。靴を脱ぐ余裕はなかった。

　潜《もぐ》ったまま、必死に両手で海水を掻《か》いた。すぐ後ろで、鈍い着弾音がした。一度ではなく、二度響いた。
唐木田は肺が破裂しそうになるまで、潜水で泳いだ。顔を上げ、立ち泳ぎに変える。
桟橋から三十メートルほど離れていた。
男の姿はない。しかし、どこかに身を潜めているとも考えられる。
唐木田は立ち泳ぎをしながら、桟橋から目を離さなかった。

第四章　盗まれた遺伝情報

1

張り込んだのは、三時間前だった。

いまは午後五時過ぎだ。唐木田は六本木にある明光通信本社ビルの近くにレクサスを駐《と》め、カーラジオに耳を傾けていた。

油壷で殺されそうになったのは、一昨日のことである。

唐木田は三十分ほど立ち泳ぎをつづけたが、結局、黒いスポーツキャップを被《かぶ》った殺し屋は桟橋に戻ってこなかった。桟橋まで泳ぎ、濡《ぬ》れた衣服を脱いで海水を絞った。

それから、唐木田は自分の車に乗り込んだ。

きのうは午前のうちに、J&Kカンパニーに行ってみた。案の定《じょう》、軽部は無断欠勤していた。

唐木田は刑事を装い、社員から軽部の自宅の住所を聞き出した。

軽部の自宅は品川区内にあった。唐木田は軽部の家に行ってみた。しかし、自宅にもいなかった。

唐木田は軽部の自宅を深夜まで張り込んでみたが、無駄骨を折っただけだった。重村の会社と自宅を仲間たちに張らせたのだが、ネット成金に接近するチャンスはなかった。

きょうは作戦を少し変えることにした。

浅沼は正午前から重村の妻の響子《きょうこ》に接近を試《こころ》みているはずだ。岩上は重村の周辺の人間に当たり、ネット成金の違法行為の有無《うむ》を確かめている。立件できそうな犯罪があれば、偽造逮捕令状を使って、重村を浅沼の自宅兼医院に連れ込む手筈《てはず》になっていた。

麻実は、軽部が潜伏していそうな場所を探している。

音楽番組が終わった。

唐木田は選局ボタンを幾度か押した。

ニュースを流している局があった。唐木田は煙草に火を点け、耳を傾けた。

国会関係のニュースのあと、事件や事故が報じられた。首都高速での多重衝突事故のニュースが終わると、女性アナウンサーがなんと軽部が射殺されたことを告げた。

軽部は前夜から泊まっていた蒲田駅前のビジネステルの一室で入浴中に何者かに頭部と心臓部を撃たれたという。ホテルの従業員も宿泊客も銃声は耳にしていないという話だった。

おそらく重村が殺し屋に命じて、軽部の口を封じたのだろう。油壺で見かけたスポーツキャップの男の犯行かもしれない。

唐木田はラジオのスイッチを切り、麻実の携帯電話を鳴らした。

「何か動きがあったのね？」

麻実の声が緊張感を孕《はら》んだ。

唐木田は手短に軽部の死を伝えた。

「明光通信の社長が軽部を葬《ほうむ》らせたようね？」

「そう考えてもいいだろう。そういうことだから、きみは聞き込みを切り上げてくれ」

「ええ、わかったわ。わたし、六本木に行こうか？」

「こちらは、おれひとりで充分だ。複数で張り込むと、相手に覚《さと》られるかもしれない。きみは本業に戻ってくれ」

「了解！」

麻実が電話を切った。

唐木田は携帯電話の終了キーを押した。

そのすぐあと、岩上から連絡が入った。

「親分、軽部が蒲田のビジネスホテルで射殺されたぜ」

「ああ、知ってる。少し前に、ラジオのニュースで聴いたんだ。重村が誰かに軽部を始末させたんだろう」

「そいつは間違いないな」

「ガンさん、そっちはどう？」

「明光通信の元社員たち三人に会ったんだ。そのうちのひとりは財務担当者だったそうだが、重村が赤字を出した代理店に粉飾決算を強《し》いてたのは事実らしい。それから、重村はいずれ株式を公開させるという餌《えさ》をぶら下げながら、代理店と特約契約を結んできたというんだ。しかし、重村は端《はな》から株式を公開させる気なんかなかったらしい」

「それは詐欺行為だな。重村は、その件について覚書の類《たぐい》を交わしてるの？」

「いや、単なる口約束だったらしいんだ。だから、詐欺容疑で正式に逮捕令状は取れないやな。けど、代理店の社長が重村の口約束を録音してたってことにすりゃ、偽の令状は作成できる。親分、その手でいくかい？　あるいは、重村が飼ってる珍獣がワシントン条約に違反してる疑いがあるってことで、任意同行を求めてもいいがね」

「ガンさん、少し時間をくれないか。広尾のドクが、重村響子から何か情報を引き出してくれるかもしれないから」

「そうだな。それじゃ、おれはどこかで飯《めし》でも喰うことにすらあ」

「そうしてくれないか。あとで、連絡するよ」

唐木田は電話を切って、またラークマイルドをくわえた。

半分ほど喫《す》ったとき、宮脇智絵から電話がかかってきた。

「きのうの深夜、宗範さんのライター仲間の高辻さんが帰宅途中に二人組の男に襲われたんです」

「それで、怪我は?」

「何箇所か打撲傷を負ったという話でしたが、病院に行くほどの怪我じゃないと言ってました。暴漢は二人とも何か格闘技を心得てるようで、回し蹴りなんかを使ったらしいんです」

「そう。高辻氏は、なぜ襲われたんだろう?」

唐木田は呟いた。

「男たちは高辻さんに、『影山ってノンフィクション・ライターから何か預かってないか』としつこく訊《き》いたそうです」

「影山ちゃんは、やっぱり陰謀の証拠を押さえてたんだな」

「ええ、そうなんだと思います。宗範さんは録音音声のメモリーか画像のデータをどこかに隠しているにちがいありません。高辻さんを襲った二人は、それを手に入れたがってたんでしょうね」

「そうなんだろう」

「わたし、近いうちに金沢に行ってみようと思ってるんです。もしかしたら、宗範さんは証拠の録音音声のメモリーやデータを実家の周辺に隠したのではないかという気がしてきたんです。ただの勘なんですけどね」

　智絵が言った。

「ひとりで金沢に行くのは危険だな。おそらく敵の人間があなたの動きを探《さぐ》ってるでしょう。出かけるときは、高辻氏か誰か男性と一緒のほうがいいな」

「それじゃ、高辻さんの怪我がよくなったら、お願いしてみます」

「そうしてください。それはそうと、ようやく黒幕の顔が透けてきましたよ」

　唐木田は重村清光のことを話した。

「確か宗範さんは、連載コラムで明光通信の社長のことも取り上げる予定だったはずです」

「やはり、そうだったか。きっと影山ちゃんは取材で重村の交友関係も調べてたにちがいない。そして、J&Kカンパニーの軽部や河原崎の線から、関東一心会関根組の企業舎弟『マジカル・エンタープライズ』が資産家たちから六百二億四千万円を出資という名目で脅し取った事実を摑《つか》んだんでしょう。最初は大杉が影山ちゃんを始末させたと思ったんだが、そういう事実はなかった」

「ええ、そういうお話でしたよね」

「重村は河原崎に着服させた約六百億円を元手にして、何かダーティー・ビジネスをはじめるつもりでいた。影山ちゃんは、重村の悪巧みの証拠を押さえたんでしょう。だから、わたしの店の前で無灯火のスカイラインに撥《は》ねられてしまったにちがいありません」

「そうなんでしょうね、おそらく」

「何らかの方法で、明光通信の重村社長を追いつめるつもりです。ただ、重村も牙《きば》を剝《む》きはじめてるようなんで、不用意には追い込めないんだ。それにネット成金は、河原崎と軽部も始末させた疑いがあるんです」

「唐木田さん、危険です。もう手を引いてください」

智絵が言った。

「ご心配なく。わたしは、東京地裁にいた人間です。捜査の現場には不案内だが、犯罪者たちのことはよくわかってる。彼らがどんなふうに悪知恵を働かせてるのかは、熟知してるつもりです」

「ですけど、やはり心配です。あとは、警察に任せたほうがいいと思います。いかがでしょう?」

「あなたが心配してくれるのは嬉《うれ》しいが、わたしはここで尻尾《しっぽ》を丸める気はありません。影山ちゃんのためというよりも、自分自身が調査を打ち切りたくないんだ。わたしにも、意地がありますからね」

「それはわかりますけど、唐木田さんの身に万が一のことがあったら、わたし……」

「仮に殺されても、誰かを恨んだりはしませんよ。自分で影山ちゃんの事件の真相を調べる気になったわけですから」

「唐木田さんがそこまでおっしゃるんでしたら、もう何も申しません。ただ、命を粗末にするようなことだけはしないでくださいね」

「わかってます。それはそうと、文英社の笹尾繁さんのことなんだが、彼は影山ちゃんと割に親しいように見えたんだが、弔《とむら》いには出なかったようだね」

唐木田は話題を変えた。

「ええ、列席されませんでした。仕事が忙しかったみたいですね。でも、金沢の宗範さんの実家には笹尾さんの弔電が届いてたはずです」

「そう」

「笹尾さんが何か事件に関わってるとでも？」

「単なる思い過ごしだと思うんだが、彼がわたしの身辺を嗅《か》ぎ回ってるようにも受け取れる動きを示したんだ。それも一度だけではなく、二度もね」

「どんなことがあったんです？」

智絵が問いかけてきた。唐木田はありのままを語った。

「お言葉を返すようですけど、それは単なる偶然なんじゃありませんか？　宗範さんは笹尾さんのことを一度も悪く言ったことはありませんでしたし、何かで気まずくなったという話も聞いたことはなかったですからね」

「それなら、ただの思い過ごしなんだろう。笹尾さんの話は忘れてください」

「は、はい。それでは、これで失礼します」

智絵の声はこわばっていた。

唐木田は、智絵に笹尾のことを話したことを少し悔《く》やんだ。

智絵が笹尾に探《さぐ》りを入れたりしたら、彼に警戒心を抱かせることになる。余計なことは喋《しゃべ》るべきではなかった。

しかし、もう遅い。智絵が笹尾に探りを入れないことを祈るほかない。

午後六時を過ぎると、明光通信本社ビルから社員たちが三々五々、姿を見せるようになった。だが、重村の白いロールスロイスは社長専用の駐車場に駐《と》められたままだ。

浅沼から電話がかかってきたのは、七時数分前だった。

「重村響子から、いろいろ情報を得られましたよ」

「さすがは女たらしだな。どんなふうにアプローチしたんだい？」

「響子が通ってる白金のフレンチ・レストランで、『美人の愁《うれ》い顔を見ると、なんだか悲しくなるな』とか何とか言って、図々しく勝手に同じテーブルに坐っちゃったんです」

「気障《きざ》な奴だ。何も文句を言われなかったのか？」

「いいえ、別に何も。むしろ、救われたような表情になりました。彼女、孤独だったんですよ」

「やっぱり、ネット成金には愛人がいたんだな？」

唐木田は確かめた。

「ええ、いました。鮎川亜希《あゆかわあき》という二十六歳の女です。おれがプロの別れさせ屋だと言ったら、響子は積極的に夫の愛人のことを教えてくれました。彼女、夫の女性関係を探偵社に調べさせたことがあると言ってました」

「重村は結婚当初から浮気してたのかな？」

「そうらしいんです。それで、新婚当時から夫婦喧嘩が絶えなかったというんです。鮎川亜希を囲ったのは、一年数カ月前だという話でした。それ以来、重村はひと月のうち三週間は目黒の青葉台二丁目にある愛人宅で暮らしてるというんです」

「そうか」

「実はおれ、もう鮎川亜希の自宅の近くにいるんです。たまたま家から亜希らしい女が郵便受けの夕刊を取りに出てきたんですが、飛び切りの美人でしたよ。重村の女房の話だと、亜希はＣＭタレントだったらしいんです。言われてみると、宝飾店か何かのＣＭに出演してましたね」

「愛人宅は一戸建てなんだな？」

「そうです。かなりの豪邸ですよ。敷地は二百坪以上あると思います」

「その家には、亜希という愛人ひとりしかいないのか？」

「ええ、多分ね」

「ドク、車の中に手製の麻酔吹き矢《ブロウガン》は？」

「もちろん、積んでありますよ。おれに、先に亜希を眠らせておけってことですね？」

「ああ、そうだ。ついでに、亜希を素っ裸にしといてくれ。おれは重村を会社から尾《つ》けて、奴と一緒に家の中に入ることにしよう」

「了解！　亜希を眠らせたら、また連絡します」

電話が切れた。

唐木田は携帯電話の終了キーを押し、岩上に電話をかけた。岩上は、すぐに電話口に出た。

唐木田は事情を説明し、明光通信本社前に来るよう指示した。

岩上は二十分そこそこでタクシーで駆けつけた。原則として、単独で覆面パトカーを使用することは禁じられているという。

岩上がレクサスの助手席に乗り込んできた。

「親分、ドクから連絡は？」

「まだなんだ。インターフォンを鳴らしたとき、亜希に怪しまれたのかもしれないな」

「女の扱いに馴《な》れた男がそんな失敗踏《ドジ》むかね。重村の愛人の裸を見たら、ドクの奴、おかしな気分になったんじゃねえのかな？」

「そうか、そういうことかもしれないな」

「そうじゃなかったとしたら、亜希って女に警戒されて、ドクは重村の配下の者に取っ捕まったのかもしれない。親分は、殺し屋《プロ》らしい野郎に油壺のヨットハーバーで殺されそうになったんだ。それから、軽部を掃除したのもそいつと思われる」

「おそらく、そうなんだろう」

「その男は重村に雇われたんだろうから、私兵めいた奴らもいそうだな」

「仮にドクが敵の手に落ちたんだとしたら、もう彼は……」

「いや、殺されてはいないだろう。おれが重村なら、親分も愛人宅に誘《おび》き寄せてから、ドクと一緒に始末するね。ひょっとしたら、ネット成金は親分やドクだけじゃなく、葬儀屋の女社長やおれのことも知ってるのかもしれないぜ」

「そうだとしたら、おれたち四人を亜希の家に集めてから、まとめて始末する気になるだろうな」

「ああ。ドクのことがちょっと心配だね」

「ガンさん、青葉台に行ってみよう」

唐木田は車を発進させた。六本木通りに出て、渋谷方面に向かう。

青山学院大学に差しかかったとき、唐木田の携帯電話が着信音を発しはじめた。敵かもしれない。

唐木田は携帯電話を耳に当てても、何も言わなかった。

「チーフでしょ?」

浅沼の声を確かめた。

「ああ。ドク、何かあったのか? あまり連絡がないんで、ガンさんと青葉台に向かってるとこなんだ。そばに、重村の番犬どもがいるんじゃないのか?」

「いや、そばにいるのは裸の鮎川亜希だけですよ。連絡が遅くなったのは、ちょっと劣情《れつじょう》を催したからなんです」

「麻酔吹き矢《ブロウガン》で眠らせた亜希を抱いてたのか⁉」

「ま、そういうことです。それぐらいの役得はあってもいいでしょ?」

「感心できることじゃないな。しかし、いまさら説教しても仕方がないだろう」

「じゃあ、大目に見てくれるんですね?」

「ドク、今回だけだぞ。重村はおれたちの敵だが、亜希という女は事件には無関係なんだろうからな」

「わかってます。今後、このようなことは慎みます」

「もう間もなく、そっちに着くはずだ。それまで、おとなしくしてろよ」

唐木田は通話を打ち切り、車の運転に専念した。

JR渋谷駅のガードを潜《くぐ》り、桜丘《さくらがおか》町と南平台《なんぺいだい》町を抜けて、青葉台二丁目に入る。

重村の愛人宅は造作なく見つかった。

邸宅の前を素通りし、少し離れた脇道に車を停める。同じ通りの暗がりに、浅沼のポルシェが駐《と》めてあった。

唐木田は岩上と車を降り、鮎川邸のある方に引き返した。

重村の愛人宅の門扉《もんぴ》は開いていた。唐木田たちはポーチに進んだ。インターフォンを鳴らすと、浅沼が現われた。

唐木田と岩上は靴を履《は》いたまま、広い玄関ホールに上がった。

「亜希はこっちです」

浅沼がきまり悪そうに言い、奥の洋間に歩《ほ》を運んだ。

唐木田と岩上は、あとに従った。

洋間は客室として使われているらしく、シングルベッドが一つあるきりだった。その上には、若い裸の女が仰向けに寝ていた。白い肌が眩《まぶ》しい。熟《う》れた肢体が男の何かを妖しく掻き立てる。

「亜希です」

「ドク、胸のあたりまでベッドカバーを掛けてやれよ」

唐木田は言った。浅沼が言われた通りにした。

「親分、重村を呼ぼうや」

岩上が促《うなが》した。

唐木田はうなずいた。明光通信本社の代表番号をプッシュし、電話を社長室に回してもらう。

「重村です。ソフトストックの役員の方だそうですね?」

「その話は嘘《うそ》だ。鮎川亜希を人質に取った。すぐに青葉台の愛人宅に来い!」

「な、何者なんだっ」

「こっちに来ればわかるさ。四十分だけ待ってやる。タイムオーバーになったら、亜希は殺す。いいな?」

「すぐに行く。目的は金なんだな?」

「それも、こっちに来ればわかる。言うまでもないことだが、あんたひとりで来なかったら、女は死ぬことになるぜ。それから、あんたも必ず殺す」

「ちょっと待ってくれ」

重村が言った。

唐木田は返事の代わりに、無言で電話を切った。

「親分、重村はひとりで来ると思うかい？」

ホームレス刑事が声をかけてきた。

「いや、おそらく刺客を差し向けてくるだろう」

「おれもそう思うよ。親分、おれは玄関ホールで待ち構えてて、敵を迎え撃つ」

「それじゃ、おれはキッチンのドア付近を固める。ドクは、この部屋で人質を奪回されないようにしてくれ」

「了解！」

浅沼が吹き矢《ブロウガン》に、麻酔アンプルを抱えたダーツ針を装填《そうてん》した。

岩上はニューナンブM60の輪胴式弾倉《シリンダー》に弾丸を五発込め、玄関ホールに向かった。

唐木田はキッチンに足を向けた。

三十分が流れたころ、亜希と浅沼のいる洋室の窓ガラスが砕けた。派手な物音だった。

唐木田は、二人のいる部屋に駆け戻った。

室内に飛び込んだとたん、ガソリンの強い臭《にお》いが鼻を衝《つ》いた。シングルベッドは早くも炎に包まれていた。

「窓から火焔瓶《かえんびん》を投げ込まれたんです」

浅沼がそう言いながら、脱いだ上着で亜希の周《まわ》りの炎を叩《たた》き消そうとしている。唐木田はベッドに走り寄った。

亜希を抱き上げようとしたとき、また窓から火焔瓶が放り込まれた。

それは、唐木田の足許で爆発した。唐木田は爆風で噴き飛ばされた。すぐ近くに、浅沼が転がっていた。

唐木田は敏捷《びんしょう》に起き上がり、浅沼を摑《つか》み上げた。

すでに床は火の海だった。亜希の体は、巨大な炎にくるまれていた。

「ドク、もう無理だ」

唐木田は浅沼を廊下に連れ出した。

と、玄関ホールの方から岩上が走ってきた。

「親分、この家は完全に火に囲まれてる。建物の周りにガソリンを撒《ま》いて、火を放ったんだろう」

「このままじゃ、三人ともバーベキューにされちまうな。二階に上がって、一階の屋根から庭木に飛び移ろう」

唐木田は二人の仲間に言って、真っ先に階段を駆け上がった。

浅沼と岩上が、すぐに追ってきた。

三人は踊り場の採光窓をぶち破って、一階の小屋根に降りた。うまい具合に、小屋根から数メートル離れた所に白樫《しらかし》の巨木の太い枝が横に張り出していた。

唐木田、岩上、浅沼の順に宙を飛んだ。

最初に白樫の太い枝にぶら下がった唐木田は、小枝を手早く折って捨てた。岩上と浅沼は正確に太い枝をキャッチすることができた。

炎は二階まで達していた。

三人は庭を走り回った。だが、人影はどこにもなかった。

唐木田たちは表に走り出て、そのまま脇道まで突っ走った。

2

尾行されているのか。

唐木田はレンタカーを走らせながら、後続の黒いキャデラック・セビルが妙に気になった。ロサンゼルスのハーバー・フリーウェイである。

唐木田は、ロサンゼルス国際空港で借りたＢＭＷの7シリーズを運転していた。

ドルフィンカラーで、まだ新車に近い。新車なら、千数百万円もするドイツ製の高級車だ。

午後二時半を回っていた。

カリフォルニアの空は青く澄み渡っている。陽射《ひざ》しは強烈だった。だが、空気はさらりとしている。湿気が少ないせいだろう。

青葉台の鮎川亜希の家で唐木田たち三人が危うく焼き殺されそうになったのは、三日前だ。亜希は焼死してしまった。

その翌日、重村は慌《あわ》ただしく日本を発《た》ち、サンフランシスコに渡った。唐木田は明光通信に偽電話をかけ、重村が渡米したことを知ったのだ。

電話の相手は、重村が商用でアメリカに出かけたとしか言わなかった。唐木田は浅沼を使って、重村響子から夫の所在場所を探り出させた。

重村はきのうの午前中にサンフランシスコからロサンゼルスに移り、昨夜はダウンタウンのほぼ中央にある有名ホテルに泊まる予定になっているということだった。

「ね、後ろの黒いキャデラック、ロス空港から尾《つ》けてきてるんじゃない？」

助手席に坐った麻実が前を見たまま、そう言った。

「そうみたいだな。キャデラックに乗ってる二人の男はサングラスをかけてるが、明らかに東洋人だ」

「ええ、それは間違いないわ。彼ら、重村の番犬どもなんじゃない？」

「そうかもしれないな。しかし、フリーウェイでは妙なことは仕掛けてこないだろう。真っ昼間だし、自分たちも危険な目に遭《あ》うかもしれない」

「そうね。それじゃ、このままダウンタウンに向かいましょう」

「ああ」

「それにしても、重村は救いようのない大悪党ね。自分の愛人を平気で焼き殺させるなんて、どういう神経してるのかしら？　重村を生きたまま柩《ひつぎ》に閉じ込めて、火葬場に送り込んでやりたいわ」

「重村にとって、鮎川亜希はただのセックスペットに過ぎなかったんだろう。だから、あんな残酷なことがやれたのさ」

唐木田は言った。

「お金さえあれば、愛人のスペアなんて、いつでも見つかると思ってるんでしょうね。女をいったい何だと思ってるんだろう？　赦《ゆる》せない男だわ」

「成金どもは銭の力で何でもできると思ってる奴が多いからな」

「ええ、そうね。それはそうと、重村はほとぼりが冷めるまでアメリカ各地を転々とする気なんじゃない？」

「多分、そうなんだろう。日本では携帯電話販売の大手にのし上がったといっても、アメリカの投資家たちが落ち目の明光通信に資金援助をするとは思えないからな」

「そうよね。奥さんには、まさかアメリカに高飛びするとは言えないんで、商用だってことにしてあるんだと思うわ」

「ああ。それにしても、重村響子の勘違いでドクの奴はいい思いをしたもんだ。響子はドクが鮎川亜希を家ごと焼き殺してくれたと思い込んで彼に体を開き、その上、一千万円の小切手をくれたっていうんだからな」

「羨《うらや》ましげね?」

麻実が茶化した。

「何を言いだすんだ。おれは人妻には興味ないし、金にも不自由してない」

「でも、昔から言うじゃないの。人の奥さんをこっそり寝盗《ねと》るのは、男にとって最高だとかって」

「おれをそのへんの好き者と一緒にしないでくれ」

唐木田は苦笑し、少しスピードを落とした。

ダウンタウンの手前でフリーウェイを降り、五番通りに入る。不審なキャデラック・セビルが追尾してきた。尾けられていることは、もはや間違いない。

唐木田はBMWをダウンタウンに乗り入れ、重村が泊まっている高層ホテルに向かった。

ホテルの地下駐車場に潜《もぐ》ってから、そのまま少し待ってみた。

しかし、キャデラック・セビルはスロープを下《くだ》ってこない。ホテルの近くで、張り込む気になったらしい。

「行こう」

唐木田は麻実を促《うなが》し、先に車を降りた。

二人はフロントに急いだ。

ロサンゼルスに限らず、アメリカのホテルの多くは外国人宿泊客にパスポートの呈示を求める。従って、偽名でのチェックインは難しい。

重村も前夜は本名で泊まったと思われる。

唐木田はフロントマンに英語で昨夜、重村が宿泊したかどうか訊いた。泊まったことは泊まったが、今朝《けさ》早くチェックアウトしてしまったという。

「行先は？」

今度は麻実が赤毛のフロントマンに訊《たず》ねた。流暢《りゅうちょう》な英語だった。

「それは、わかりません。何もおっしゃいませんでしたので」

「そう。滞在中に重村を訪ねてきた人は？」

「きのうの晩、重村さまはロビーで二人の男性と何か話をされていました。そのお二人も日本の方だと思います」

「三人は日本語で喋ってたのね？」

「はい、そうです。わたし、少しだけ日本語もわかります。三人の方たちは日本語で会話をしていました」

フロントマンが答えた。

「どんな様子だったのかしら?」

「重村さまは二人の男性に何か指示しているようでした。それから、百ドル札の束を渡していました」

「そう」

「重村は部屋の電話を使った?」

唐木田は話に割り込んだ。

「いいえ、一度もお使いにはなりませんでしたね」

「そうか。外出はしたのかな?」

「二時間ほどお出かけになりましたが、あとは十六階のお部屋にずっとおられたようですよ」

「重村の手荷物は?」

「サムソナイト製の薄茶のキャリーケースをお一つだけ……」

「重村はチェックアウトしてから、表玄関でタクシーに乗り込んだのかな?」

「そこまではわかりかねます」

三十二、三のフロントマンは、申し訳なさそうに答えた。そのすぐあと、フロントの館内電話が鳴った。

唐木田たちは赤毛の男に礼を言い、駐車場に引き返した。

ＢＭＷに乗り込んでから、麻実が言った。

「重村は、まだロス市内にいるのかしら？」

「さあ、なんとも言えないな」

「電話帳を繰《く》って、市内のホテルに片っ端から電話をかけてみる？」

「重村が部屋の予約をしたかどうか問い合わせようってわけか？」

唐木田は問い返した。

「ええ。ホテルの数は多いけど、差し当たって、やってみる必要はあると思うの。それから、ロス空港の搭乗カウンターやレンタカー会社にも問い合わせの電話をする必要があるわね」

「しかし、そういう方法じゃ、相当な時間がかかるぜ」

「何かいい手がある？」

麻実が訊いた。

「ちょっと危険な方法だが、キャデラック・セビルに乗ってる二人組をどこかに誘い込んで少し痛めつけてみよう」

「敵は拳銃を所持してるかもしれないのよ。でも、こちらはまるっきりの丸腰。少し無謀なんじゃない？」

「危険は承知だが、そのほうが手っ取り早いと思うんだ。それがうまくいかなかったら、ガンさんの知り合いの日系アメリカ人のジミー山室《やまむろ》って男に協力を求めよう」

唐木田は提案した。

ジミー山室は五年前までロス市警アジア特捜隊の捜査員だったが、いまはプロの賞金稼ぎらしい。保釈金だけを貸し出している金融会社と特約契約を結び、借りた金を踏み倒した前科者たちを生け捕りにして、多額の賞金を手に入れているという話だった。それだけではなく、失踪人《しっそうにん》捜しも請《う》け負《お》っているらしい。

ジミー山室は日系三世で、二年前に父方のルーツ調べに来日したという。そのとき、たまたま新宿の居酒屋で岩上と隣り合わせ、意気投合したらしい。それ以来、二人はちょくちょく手紙の遣《や》り取《と》りをしているらしかった。

「わたしは、あなたの命令に従うわ」

「よし。それじゃ、二人組に罠《わな》を仕掛けよう」

「オーケー」

麻実がシートベルトを掛けた。

唐木田はレンタカーを走らせはじめた。ホテルの外に出ると、待ち伏せていた黒いキャデラック・セビルがすぐにＢＭＷに張りついた。

唐木田はダウンタウンの目抜き通りを横切り、パサディナ・フリーウェイに入った。

黒い車は執拗《しつよう》に追ってくる。

唐木田は東へ向かった。

数十分走ると、いつの間にか、風景が変わっていた。ビル群ははるか後方に遠ざかり、コロニアル風の洒落《しゃれ》た民家が多く目につくようになった。

さらに二十分ほど進むと、なだらかな丘陵地帯に差しかかった。数キロ先にＩＣ《インターチェンジ》があった。

ＩＣを降り、一般道路を突っ走る。道幅は広かった。車はめったに通りかからない。民家も見当たらなかった。

「後ろの車、急にスピードを上げたわよ」

突然、麻実が大声をあげた。

唐木田はミラーを仰《あお》いだ。キャデラック・セビルの助手席の窓から大型のリボルバーが突き出されていた。コルト・パイソンだった。

唐木田はアクセルを深く踏み込んだ。

すぐに背中がシートに吸い寄せられた。追っ手の車も加速した。それから間もなく、腸《はらわた》に響くような銃声が轟《とどろ》いた。

ＢＭＷのリア・バンパーに着弾した音が響いた。麻実が悲鳴をあげた。

「足を踏ん張っててくれ」

唐木田は麻実に言って、アクセルを一杯に踏んだ。

ＢＭＷは翔《か》けるように疾駆《しっく》しはじめた。

後ろから二弾目が放たれた。今度は車体には掠《かす》りもしなかった。

唐木田はＳ字走行しはじめた。

三発目の銃声がした。幸いにも、また命中しなかった。

唐木田は車を脇道に入れた。

黒いアメリカ車は依然として追跡してくる。唐木田はＢＭＷを森の横に停めた。麻実とともに車を降り、ひとまず森の中に逃げ込んだ。

キャデラック・セビルが急停止した。

サングラスをかけた二人の男が車から飛び出してきた。片方はマイクロ・ウージーを手にしていた。イスラエル製の超短機関銃《マイクロ・サブマシンガン》だ。大型ピストルとあまり大きさは変わらない。使用されている弾も、九ミリの拳銃弾である。

唐木田は走りながら、麻の白いジャケットを脱いだ。上着を灌木《かんぼく》にふわりと掛け、麻実の手を引いた。男たちの足音が次第に近づいてくる。

二人は樹木の間を縫いながら、横に走った。

銃声が重なった。マイクロ・ウージーは全自動《フルオート》で連射された。コルト・パイソンは断続的に吼《ほ》えた。

ほどなく銃声が熄《や》んだ。二人の男がすぐに踵《きびす》を返した。

「きみは、ここにいるんだ」

唐木田は麻実に言いおき、二人組を追った。

森から走り出たとき、キャデラック・セビルが急発進した。瞬《また》く間に、敵の車は走り去った。

「くそっ」

唐木田は足許の石塊《いしくれ》を蹴《け》った。

森の中から麻実が走り出てきた。手にしている唐木田の麻の上着は穴だらけだった。穴の縁《ふち》は黒く焦《こ》げていた。

「二人組はプロの殺し屋じゃないわね。標的を見定めもしないで、撃ちまくったもの」

「ああ。それに、獲物を仕留《しと》めたかどうかも確認しないで、急いで立ち去った。しかし、銃器の扱いには馴《な》れてるようだったな」

「ええ、そうね。やくざには見えなかったし、元自衛官でもなさそうだったわ。実射経験のある元サラリーマンかもしれないわ」

「リストラで職を失った奴らが重村の私兵じみたことをやってるんだろうか」

「考えられないことじゃないと思うわ。パソコンや語学の苦手な失業者は、なかなか再就職口が見つからないでしょ？　それでも、人間は食べていかなきゃならない。追いつめられて、悪事に加担する堅気もいるんじゃないかしら？」

「ああ、いそうだな」

唐木田は穴だらけの上着を受け取り、肩を小さく竦《すく》めた。

「二人組に逃げられちゃったんだから、ジミー山室という日系アメリカ人の手を借りましょうよ」

「そうだな」

二人はＢＭＷに乗り込んだ。

来た道を逆戻りし、ダウンタウンに引き返した。ジミー山室のオフィスは、リトル東京の外れにあった。

あたりには、日本語の袖看板《そでかんばん》があふれていた。日本人男女の姿があちこちに見られる。ふっと日本にいるような錯覚に捉《とら》われそうになった。

唐木田はＢＭＷをくすんだ灰色のビルの前に停めた。二人は車を降り、エレベーターで三階に上がった。

ジミー山室の事務所はエレベーター・ホールのそばにあった。

唐木田はノックした。待つほどもなく陽灼《ひや》けした四十男が現われた。がっしりとした体型で、肩と胸が厚い。

「失礼ですが、ジミー山室さんでしょうか？」

唐木田は英語で問いかけた。

すると、相手がいくらか訛《なまり》のある日本語で言った。

「そうです。よくいらっしゃいました。わたし、あなたたちのことを待ってたね。唐木田さんと麻実さんでしょ？　さっき岩上さんから、国際電話がかかってきました。どうぞよろしくね」

ジミー山室が二人に握手を求めてきた。唐木田と麻実は自己紹介しながら、手を握り返した。

事務所は、それほど広くなかった。

窓側に机とキャビネットが並び、中央に古びた応接セットが置かれている。唐木田たちは勧《すす》められて、長椅子に並んで腰かけた。

ジミー山室は大型冷蔵庫から三本のセブンアップを取り出し、二人と向かい合う位置に坐った。

「岩上さん、わたしが日本に行ったとき、とても親切にしてくれました。わたし、すごく嬉しかったね。だから、今度はわたしが彼に恩返しする番です」

「よろしくお願いします」

唐木田は頭を下げた。

「わたし、重村清光という男を見つけられると思う。ロスには、わたしの友達いっぱいいるね。だから、大丈夫！　何も問題ない」

「これが重村なんです」

麻実がバッグの中から、週刊誌のグラビア写真を取り出した。錦蛇《にしきへび》を首に巻きつけている重村の姿が写っていた。

「まだ若い男ですね」

「三十五なんです」

「その若さで急にリッチになったら、頭がおかしくなります。ペットを異常にかわいがる人間は、どこか精神が歪《ゆが》んでるんだと思います。アメリカにも、こういう男はたくさんいるね」

ジミー山室はグラビア写真を見てから、三本のセブンアップの栓を抜いた。

「重村の居所を捜し出していただけたら、一万ドルの謝礼を差し上げます。それで、お引き受けいただけますか？」

「唐木田さん、わたし、お金はいりません。お世話になった岩上さんに重村という男を捜してほしいと頼まれたね。ノーギャラで働くのは当たり前よ」

「しかし、それでは……」

「友情に値段をつけるのは、よくないことね。今度のことは、ビジネスにしてはいけないのですよ」

「わかりました。それでは、あなたの厚意に甘えさせてもらいます」

　唐木田は言った。

「そうしてください。実はわたし、少し前にロス空港の搭乗客をチェックしてみたね。その中に、重村の名前はありませんでした。それから、ロス市内のレンタカー会社にも問い合わせてみたね。でも、重村という男は車を借りてなかった」

「ということは、まだロス市内にいるかもしれないんですね？」

「そう、多分いると思います。でも、日本から追っ手が来たとわかったでしょうから、重村はふつうのホテルにはチェックインしないでしょう」

「モーテルやツーリスト用ハウスに泊まるつもりなんだろうか」

「その可能性はあるね。重村がロス市を出てなければ、見つけ出すのにそれほど時間はかからないでしょう。わたし、ロス市警の元同僚たちから簡単に情報を得られるね」

　ジミー山室が言った。

「それは心強いな」

「あなた方がホテルで寛《くつろ》いでる間に、わたし、重村を取っ捕まえます。そうだ、チェックインされたホテルを教えてください。どこです？」

「まだチェックインしてないんですよ。どこか近くに、いいホテルはありませんかね？」

　唐木田は訊いた。

「去年、サン・ペドロ通りにできた日本人向けのホテルは寛げると思うね。そこでよければ、あとでご案内しましょう。ここから、そう遠くないね」

「それじゃ、よろしくお願いします」

「わかりました。冷たいうちに、どうぞ飲んでください」

ジミー山室が二人に勧めた。

唐木田と麻実は相前後して、セブンアップに手を伸ばした。

3

柔肌が硬直した。

次の瞬間、麻実は悦《よろこ》びの声を迸《ほとばし》らせた。それは唸《うな》りに近かった。

唐木田はペニスに心地よい圧迫感を覚えた。単に締めつけてくるだけではなかった。吸い込まれるような感覚もあった。

ホテル霧島のツイン・ベッドルームだ。ジミー山室に紹介された日本人向けのホテルである。

午後九時過ぎだった。冷房は、ほどよく利いていた。

唐木田は律動を速めた。

麻実が顔を横に振りながら、啜《すす》り泣くような声を洩《も》らしはじめた。たわんだ眉《まゆ》がセクシーだ。

唐木田はそそられ、一段と腰を躍《おど》らせた。突き、捻《ひね》り、また突く。

ふたたび麻実の息遣いが荒くなった。裸身は少しずつ縮まりはじめた。昇りつめる前兆だ。

唐木田はラストスパートをかけた。

ゴールに達したとき、麻実も二度目の絶頂を迎えた。二人は正常位で重なったまま、余韻《よいん》に身を委《ゆだ》ねた。

結合を解くと、麻実はシャワールームに消えた。

唐木田は腹這《はらば》いになって、ラークマイルドに火を点けた。

一服し終えたとき、部屋のドアがノックされた。唐木田はベッドから出て、濃紺のバスローブをまとった。

ドアに近づくと、ジミー山室の低い声が響いてきた。

「唐木田さん、わたしです」

「いま、開けます」

唐木田は急いでドアを開けた。ジミー山室が乱れたベッドを見て、困惑顔になった。

「わたし、出直してもいいよ」

「いや、かまいません。どうぞ入ってください」

「麻実さんは？」

「シャワーを浴びてます」

「それじゃ、いまはお邪魔できません。わたし、十分後にまた来るね」

「こちらは別にかまわないんです」

唐木田は言った。

しかし、ジミー山室は片目をつぶり、ドアを閉めてしまった。

唐木田はシャワールームにいる麻実にジミー山室が訪れたことを大声で告げ、先に身繕《みづくろ》いをした。

ちょうどそのとき、麻実がシャワールームから現われた。彼女は大急ぎで衣服をまとい、薄化粧をした。

二人がソファセットに落ち着いたとき、ジミー山室がやってきた。出迎えに出た唐木田は、日系アメリカ人を自分の正面のソファに腰かけさせた。

麻実は恥じらいを覚えたのか、伏し目がちだった。

「きょうの夕方六時ごろ、重村清光はダウンタウンのイタリアン・レストランでケビン・クーパーという天才ハッカーと会っていたことがわかりました」

ジミー山室が唐木田に告げた。

「ダークサイド・ハッカーと会ってたですって？」

「はい、そうね。ケビンは三十八歳ですが、何も仕事はしてません。親の遺産で働かなくても喰《く》えるんです」

「その男のことを詳しく教えてください」

唐木田は促した。

「わかりました。ケビンはマサチューセッツ工科大学時代からコンピューター・ハッカーとして暗躍してきた男ね。でも、一度も逮捕されたことはありません。仲間のハッカーたちは他人のクレジットカードの番号を盗んだり、航空会社や陸運局のコンピューターに侵入したりして次々に検挙された。だけど、ケビンだけは幾度も疑われながらも、証拠がないために捕まってない」

「その男は一種の愉快犯なんですね？」

「はい、そうね。ケビンは、お金のためにハッキングをしてるんじゃありません。システムに侵入したり、破壊したりすることが愉《たの》しいの」

「コンピューター・ネットワーク犯罪者の多くが冒険心や征服欲を満たしたくて、ハッキングやクラッシュを繰り返してるようですね？」

「そう、その通りね。逮捕されたハッカーの大半が内気な性格で、学校や職場で孤立してたよ。中には子供のころから周囲の人たちにいじめられてた男もいました。暗い青春時代を送らざるを得なかった奴が世間の連中にひと泡吹かせてやろうと復讐《ふくしゅう》心を燃やしたんでしょうね」

「そうなのかもしれません」

「ハッカーたちにも少し同情したくなる場合もあるね」

「ケビン・クーパーに家族はいるんですか？」

　麻実がジミー山室に訊いた。

「ケビンは独身ね。多分、ステディと呼べるような女性もいないと思います。彼はひとりっ子で、両親も亡くなってます。ケビンの父親は銀行を幾つも持ってたんですよ。ケビンは銀行の経営権を売って、サンタモニカの丘の上に建つ豪邸で優雅に暮らしてるね」

「重村が天才ハッカーと会ってたのは、アメリカのベンチャー企業から何か情報を盗んでもらうためだったのかしら？」

「それ、正しいと思います。重村とケビンがどこでどう知り合ったのかはわかりませんけど、二人はイタリアン・レストランで密談してたという話だったね」

「ジミーさん、その情報は？」

「ロス市警の現職警官から入手した情報です」

「それなら、確かな情報みたいね」

「ええ、間違いないですよ。それから、もう一つ気になる話がある」

ジミー山室が唐木田に顔を向けてきた。

「どんな話なんです？」

「唐木田さんは、ヒトゲノムという言葉をご存じですか？」

「ヒトゲノムというのは、人間の全遺伝情報のことですよね。ゲノム医学が画期的に医療を変えるとマスコミが盛んに取り上げたんで、基本的な知識はあります」

唐木田は控え目に答えた。

人間は約六十兆個の細胞を有し、それぞれの核には染色体があり、ＤＮＡ（デオキシリボ核酸）が組み込まれている。ＤＮＡは四種類の塩基が螺旋状《らせんじょう》に組み合わさってできている長い分子だ。

ヒトゲノムは約三十億個の塩基で構成され、暗号のように遺伝情報が記録されている。そのうちの三から五パーセントが、いわゆる遺伝子だ。遺伝子には、生命活動に必要な蛋白質《たんぱくしつ》の設計図が書き込まれている。

病気は、さまざまな遺伝子の変調によって起こる。ヒトゲノムを解読すれば、病気のメカニズムが明らかになり、新薬の開発に役立つ。

ヒトゲノム解析《かいせき》計画は世界的な規模で急速に進んでいるが、現在はアメリカがトップランナーだ。

同国の遺伝情報解析会社『セレラ・ジェノミクス社』がヒトゲノムのDNA塩基配列の約九割を読み取ったのである。

同社は任意のDNAを切り取り、次々に配列を決定していくゲノム・ショットガン法という新技術を生み出した。コンピューターを駆使した塩基配列決定装置によって、ヒトゲノムの解析は一気に進んだわけだ。

セレラ社は解析済みのデータを次々に特許申請し、すでにアメリカの医薬品大手ファイザーや日本の武田薬品など四社にデータの使用権を売っている。

武田薬品が使用権を得たのはヒトゲノム、ヒト遺伝子、ショウジョウバエゲノム情報など五つのデータベースで、契約期間は五年間だ。契約金は公表されていない。

世界の医薬品メーカーはゲノム情報を解析して得た特許の取得競争を繰り広げている。その一方で、日本の特許庁や製薬会社の多くは、役割が決定的ではない遺伝子情報は単なる記号で、特許に値しないという見方をしている。

だが、欧米の製薬会社がセレラ社の解析データを欲《ほっ》していることは紛《まぎ》れもない現実だ。どのメーカーであれ、残りの十パーセントの読み取りに先《さき》んずれば、新薬開発で巨利を得られる。

糖尿病、高血圧、心臓病といった生活習慣病の予防薬ばかりではなく、癌《がん》、アルツハイマー病、統合失調症などの特効薬もできるはずだ。

「セレラ社のヒトゲノム解析研究者たちが次々に日本人男性グループに拉致《らち》されたという情報が入ったんです」

「それも、ロス市警関係者から入手したんですね？」

「そうです。唐木田さん、何か思い当たりませんか？」

「重村はケビン・クーパーをセレラ社のコンピューターに侵入させて、ヒトゲノム解析データを盗み出させる気なのかもしれない」

「あっ、なるほど」

ジミー山室が納得した顔になった。

「それから、重村が解析研究者たちを拉致させた可能性もあります。そうだとしたら、彼は解析研究者たちを脅して、未解析の十パーセントの研究段階を喋らせるつもりなんでしょう」

「重村はヒトゲノムの解析データをどうする気なんですかね？」

「ふた通り、考えられますね。一つは、盗んだ解析データをセレラ社に高値で買い戻させて、研究者の身代金を要求することです」

唐木田は答えた。

「もう一つは？」

「どこかの製薬会社に盗んだヒトゲノム情報を売りつけることです」

「ちょっと待って」

麻実が唐木田の言葉を遮《さえぎ》った。

「なんだい？」

「セレラ社はすでに約九十パーセントを解析して、特許権を申請してるのよ」

「確かに申請はしてるが、まだ九十パーセントの特許権は得てないはずだ。イギリスの首相は、バイオ・ベンチャー企業が解読した遺伝情報を世界の研究者が自由に使えるよう公開すべきだと、アメリカの大統領に申し入れたからね。それに、先進国の多くは一企業が遺伝情報を特許化することに反対してるんだ」

「そうなの。そういうことなら、アメリカの大統領もセレラ社に無条件で特許権は与えないでしょうね」

「そう思う。だから、まだ特許化されてない解析データは商品価値があるし、まだ読み取りができてない十パーセントの研究データも売れるはずだ」

「ええ、そうね」

「ジミーさん、日本人グループに拉致された解析研究者たちのことを詳しく調べてもらえます？」

唐木田は日系アメリカ人に頼んだ。

「連れ去られた七人の解析研究者はすべて男で、サンフェルナンド・バレーにあるセレラ社の特別研究所を出た直後に相次《あいつ》いで短機関銃《サブマシンガン》や拳銃《ハンドガン》で武装した五人の日本人男性に襲われたね。目撃証言によると、犯人グループは人質を二台の大型ステーションワゴンに分乗させて、あっという間に消えたというんですよ」

「そうですか」

「拉致された七人の氏名は、あとで調べておきます」

ジミー山室が言った。

そのすぐあと、彼の懐で携帯電話が鳴った。ジミー山室は唐木田たち二人に断って、小走りに廊下に出た。

唐木田は煙草をくわえた。火を点けたとき、麻実が口を開いた。

「ね、重村は日本国内でもハッカーを雇って、企業秘密の類《たぐい》を盗み出させてたんじゃない？　殺された影山さんは、そうした悪事の証拠を押さえたんじゃないのかしら？」

「落ち目の重村が企業を恐喝する気になっても不思議じゃないが、影山ちゃんはもっと大きな犯罪の臭いを嗅いだんだと思うな」

「そうなのかしらね」

「おれは、そう思ってるんだ」

唐木田は言った。

会話が中断したとき、ジミー山室が部屋に戻ってきた。

「どうも失礼しました。昔の同僚からの電話だったんです。唐木田さん、拉致犯グループと重村が繋がったね」

「ほんとですか？」

「ええ。きょうの正午過ぎに、サンフェルナンド・バレーのハンバーガーショップに重村と五人の日本人男性がいたという証言が警察に寄せられたというんです」

「確かセレラ社の特別研究所はサンフェルナンド・バレーにあるというお話でしたよね？」

　唐木田は問いかけた。

「ええ、そうです。重村たちは、特別研究所を下見したんじゃないのかな？　その帰りに、ハンバーガーを囓《かじ》りながら、拉致計画を練ったんじゃないでしょうか。店の客で日本語のわかる人はいなかっただろうしね」

「ハンバーガーショップで犯罪計画を練ったかどうかはわかりませんが、特別研究所を下見した可能性はありそうだな」

「これから、ケビン・クーパーの家に行ってみませんか？　もしかしたら、重村清光はケビンの自宅にいるかもしれません。いなかったとしても、行ってみる価値はあるよ。わたし、そう思うね」

　ジミー山室が言った。

「ケビンに重村からヒトゲノムの解析情報を盗み出してくれと頼まれたかどうかを確認するだけでも、サンタモニカに行く価値はあるってことですね？」

「そう、そう！　唐木田さん、頭いいね。三人で、ケビンの家に行きましょう。オーケー？」

「ええ。申し訳ありませんが、道案内をお願いします」

唐木田は目顔《めがお》で麻実を促《うなが》し、すっくと立ち上がった。麻実も腰を浮かせた。

三人は部屋を出て、エレベーターで一階に降りた。ホテルの駐車場には、ジミー山室のポンティアックが駐《と》めてあった。

薄茶の車体は埃塗《ほこりまみ》れで、あちこち大きくへこんでいる。タイヤも丸坊主に近い。ウォンテッド・ハンターは、車は走ればいいと考えているのだろう。

ジミー山室が自分の車を荒っぽく走らせはじめた。唐木田は助手席に麻実を坐らせ、ＢＭＷでポンティアックを追った。

二台の車はダウンタウンから、ほどなくサンタモニカ・フリーウェイに入った。ひたすら西へ走れば、やがて太平洋にぶつかる。

ポンティアックは三十分ほど高速で走り、海岸道路を数キロ北上した。それから右手の丘に向かって走りはじめた。

丘陵地には邸宅が点在していた。どの家からも太平洋が一望できるのだろう。

ジミー山室の車は、丘のてっぺんにあるスペイン風の造りの邸宅内に入っていった。門扉《もんぴ》は全開になっていた。

唐木田もＢＭＷごと邸内に入った。

広い車寄せにポンティアックが停まっていた。唐木田はレンタカーをジミー山室の車の後ろに停めた。

ジミー山室が手招きした。

唐木田は麻実と一緒に車から出て、ジミー山室に歩み寄った。

「場合によっては、これを使うことになるかもしれませんが、ケビン・クーパーを撃ったりしませんから、どうかご安心を……」

ウォンテッド・ハンターはベルトの下に差し込んだグロック32を軽く叩いて、にやりと笑った。オーストリア製の高性能拳銃だ。

唐木田は小さくうなずいた。

ジミー山室がポーチに歩《ほ》を進め、真鍮《しんちゅう》の大きなノッカーを鳴らした。唐木田と麻実はドアの横に立った。

少し待つと、白い大きな玄関ドアが開けられた。

現われたのは、金髪の細身の男だった。カリフォルニアの強い陽射しに何年も灼《や》かれたからか、ブロンドはだいぶ赤みを帯びている。

「ケビン・クーパーさんだね？」

ジミー山室が澱《よど》みのない英語で問いかけた。

「そうだが、おたくは？」

「しがない賞金稼ぎさ」

「ウォンテッド・ハンターだってー!?」

ケビンが口笛を吹いた。鼻の下に白い粉が付着している。ストローで、コカインを鼻腔《びこう》に送り込んでいる最中だったのだろう。

「なんかご機嫌じゃないか。コケインをやってたようだな」

「まあね、ドラッグでもやらなきゃ、この世は退屈だからな。で、誰を捜してるわけ？」

「重村清光って日本人さ。ここにいるんじゃないかと見当をつけてきたんだがね」

「この家には、おれ以外の人間は誰もいないよ」

「ちょっとお邪魔するぜ」

ジミー山室がグロック32を引き抜き、銃口をケビンに向けた。ケビンが怯《おび》えた表情になり、後ずさった。

「お二人で家捜《やさが》ししてもらえますか？」

ジミー山室が唐木田と麻実を見ながら、日本語で言った。

唐木田は階下を麻実に任せ、ゆったりとした階段を駆け上がった。二階には六つの部屋があった。しかし、人の姿はない。

唐木田はバルコニーに出た。

やはり、誰もいなかった。眼下に太平洋が拡《ひろ》がり、舷灯《げんとう》が幾つか見えた。

階下に駆け降りる。広い玄関ホールに、ケビンとジミー山室の姿は見当たらなかった。

「こっちよ」

奥で、麻実が言った。

唐木田は麻実に走り寄った。

「二階には誰もいなかったよ」

「階下《した》にも重村はいなかったわ。ケビンとジミーさんは、この部屋の中よ」

麻実が目の前の部屋を指さした。

唐木田は部屋のドアを押した。二十畳ほどの広さの部屋に、パソコンが六台ほど並んでいる。

ケビンは、パソコンの前の椅子に坐らされていた。パソコンを背にする形だった。

ケビンの前には、ジミー山室が立っていた。自動拳銃を構えている。

「そんな日本人は知らないよ。迷惑だ。もう帰ってくれ」

ケビンがうっとうしそうに言った。

ほとんど同時に、グロック32が銃声を轟かせた。放たれた九ミリ弾は、パソコンのディスプレイを砕《くだ》いた。

「おい、何をするんだっ」

ケビンが気色《けしき》ばんで、椅子から腰を浮かせた。ジミー山室がケビンの肩をぐっと押し下げ、銃口を額に突きつけた。

「正直に答えないと、大事にしてるパソコンを全部ぶっ壊すぞ」

「やめろ。重村という男は知ってるよ」

「あんたはセレラ・ジェノミクス社のコンピューターに侵入して、ヒトゲノムの解析データを盗んでくれと頼まれたんじゃないのかっ」

唐木田は、ケビンに英語で話しかけた。

ケビンは何も答えなかった。

ジミー山室が無言で右端のパソコンを撃ち砕いた。周囲に民家はなかった。銃声を誰かに聞かれる心配はなさそうだ。

「もう撃たないでくれーっ。ミスター・重村に頼まれて、ヒトゲノムの解析データを盗み出し、そのあと先方のシステムにウィルスを送り込んでやったんだ。もう解析データは消去されてるはずさ」

ケビンが口を割った。唐木田は天才ハッカーを睨みつけた。

「重村は解析データを収めたUSBメモリーを持って、どこに逃げたんだ？」

「知らないよ、そんなことは。おれは、ちょっとしたゲームを愉《たの》しんだだけなんだ。ミスター・重村の共犯者なんかじゃないっ」

「重村とは、どういう知り合いなんだ？」

「別に知り合いじゃない。彼がおれのハッキング・テクニックが世界一だって噂《うわさ》をどこかで聞いて、ここに連絡してきたんだよ」

「それで、ダウンタウンのイタリアン・レストランに出かけたわけか？」

「よく知ってるな。その通りだよ」

「重村がセレラ社の解析研究者たち七人を日本人の男たちを使って拉致させたんだなっ」

「そんなことまで、おれは知らないよ。おれは、無償でミスター・重村に手を貸してやっただけさ。けど、おれがやったことは立件できないぜ。おれは尻尾《しっぽ》を掴まれない方法で、完璧《かんぺき》にゲームをやり遂げたからな。おい、悔しいだろうが。悔しかったら、証拠を並べてみろよ」

ケビンが勝ち誇ったように高笑いをした。

唐木田は踏み込んで、ショートアッパーでケビンの顎《あご》を掬《すく》い上げた。リッチなハッカーは椅子ごと引っくり返った。

「引き揚げますか」

ジミー山室が日本語で言い、グロック32をベルトの下に突っ込んだ。唐木田は無言でうなずき、麻実の背中を軽く押した。

4

国際電話が繋がった。

岩上の声は幾分、遠い。唐木田は大声で名乗った。ホテル霧島の一室だ。きのうと同じ部屋だった。麻実は洗面所で化粧中だ。

「親分、ロスでの収穫は？」

岩上が訊いた。

唐木田は前日の出来事をつぶさに語った。

「ネット成金め、ヒトゲノムの解析データでひと儲《もう》け企んでやがるんだな」

「ああ、おそらくね。いまごろ重村は七人の解析研究者を拷問にかけてるんだろう、五人の荒っぽい日本人たちに命じて」

「その五人の男たちのことなんだが、多分、明光通信の契約社員なんだろう」

岩上が言った。

「そう。聞き込みでわかったんだが、重村はこの三月に十人の契約社員をいっぺんに雇ったというんだが、その連中は揃《そろ》って去年、大手商社やゼネコンをリストラされてるんだよ。しかも、全員が大学時代にボクシング、中国拳法、柔道といった格闘技か、クレー射撃をやってたんだ。そいつらは月に二、三日、業務に携わるだけで、ふだんは重村の護衛をしたり、何か別のことをしたりしてたらしいんだよ」

「その十人は、国内にいるの？」

唐木田は訊いた。

「いや、五人は重村がアメリカに発《た》った翌朝、サンフランシスコに向かってる。セレラ社の解析研究者たちを拉致したのは、きっとそいつらだよ」

「ガンさん、その五人の名前を教えてくれないか」

「ちょっと待ってくれ。いま、手帳を持ってくるよ」

岩上の声が途切れた。

唐木田は腕時計を見た。あと数分で、午前十一時だ。

「どうもお待たせ！　その五人の名前を読み上げるぜ。メモの用意は？」

「オーケーだよ」

「伊勢保《いせたもつ》、橋本利昌《はしもととしまさ》、奥充《おくまこと》、手塚誠《てづかまこと》、西原章《にしはらあきら》の五人だよ」

「その中で、クレー射撃をやってた奴は？」

「伊勢って男がそうだよ。油壺で親分を撃とうとしたのは、おそらく伊勢なんだろう。それから、軽部を殺《や》ったのもな」

「ああ、多分ね」

「親分、意外な事実が浮かび上がってきたぜ。明光通信の役員名簿を見たら、警察庁のキャリアの女房が監査役を務めてたんだ」

岩上が言った。

「そのキャリアの名は？」

「刑事局次長をやってる矢吹徹《やぶきとおる》だよ。まだ三十六歳だが、早くも局次長さ。キャリアは出世のスピードが速いからな」

「その男の女房なら、三十代の前半かな？」

「えーと、かみさんの瑠衣子《るいこ》は三十四だね。重村はいろいろ危《ヤバ》いことをしてるんで、警察庁のエリートを味方につける気になったんだろうな。といって、国家公務員を監査役にするわけにゃいかない。そこで、矢吹の女房を役員にして、月々二、三百万円の金を払ってるんだろう」

「役員の収入までは調べてないんだね？」

「必要なら、すぐに矢吹が重村から毎月いくら貰《もら》ってるか調べる」

「いや、その必要はないよ。それより、焼死した重村の愛人のほうの捜査は？」

「捜査は進展してないようだな。鮎川亜希って女も、考えてみりゃ、かわいそうだよね。状況証拠から言って、重村が十人の契約社員の誰かに火焔瓶を投げ込ませたことは間違いないからな。まさかパトロンの命令だったとは……」

「もちろん、思ってもみなかったろう」

「親分の耳に入れとくべきかな」

「ガンさん、何かあったのかい？」

唐木田は問いかけた。

「一連の事件《ヤマ》とは関係ないと思うんだが、きのう、別れた女房から連絡があって、娘の千晶が変な男に尾《つ》けられたようだと言ってきたんだ」

「どんな奴だって？」

「三十七、八のサラリーマン風の男らしいんだ。そいつは放課後、千晶を学校から家まで尾行して、さっと消えたらしいんだ。おそらく、ただのストーカーだったんだろう」

「ガンさん、そいつは単なるストーカーじゃないかもしれないぜ」

「えっ」

「重村は警察庁刑事局の次長と繋がってる。そのことが公になって困るのは、重村よりもキャリアの矢吹なんじゃないのかな？」

「そうだな。下手すりゃ、矢吹は懲戒免職に追い込まれることになる。そうか、矢吹が誰かに千晶を拉致させて、体を……」

「そうなったら、ガンさんは重村と矢吹の黒い関係を暴《あば》けなくなる。思い過ごしかもしれないが、少し娘さんの身辺をこっそりガードしたほうがいいな」

「そうすらあ」

「ガンさん、ジミーさんはどうしても謝礼を受け取ろうとしないんだ。どうしたもんかな？」

「ジミーは、そういう男なんだよ。彼の厚意に甘えてもいいと思うぜ。ジミーが日本に来たときにでも、何かうまいものを喰わせてやろう」

「それでいいんだろうか」

「いいんだ、いいんだ。無理に謝礼を渡したら、奴はへそを曲げるぜ。そういう男なんだ。彼をアシスタントだと思って、遠慮なく使ってやってくれや」

岩上がそう言って、電話を切った。

唐木田は浅沼にも電話をかけた。ロサンゼルスでの出来事を話し、美容整形外科医の報告に耳を傾ける。

「白金の重村邸には、ヒューズ型の電話盗聴器を仕掛けてあります。しかし、アメリカにいる重村は自宅に一度も電話をしてませんね」

「そうか」

「それから、文英社の笹尾のほうも特に不審な行動は見せてません」

「ドク、時間の許す範囲でかまわないから、笹尾をマークしつづけてくれ」

「了解！　重村の隠れ家か、人質の監禁場所が見つかるといいな」

「ジミーさんがロス市警や知り合いの私立探偵から情報を集めてくれてるんだ」

「そうですか。犯人グループが乗ってたという二台の大型ステーションワゴンは、レンタカーじゃなかったんですね？」

浅沼が訊いた。

「ああ、二台とも盗難車だったんだ。ジミーさんが調べてくれたんだよ」

「ロスの市街地を二台のステーションワゴンが走ってたら、すぐ検問に引っかかるな。犯人グループは人質をどこか山の中のコテージにでも連れ込んだんじゃないのかな？　海が近いから、予《あらかじ》め用意しておいたクルーザーとか貨物船に逃げ込んだとも考えられますね」

「そうだな。どっちにしても、おれたち二人がロスやサンフランシスコ周辺を走り回っても有力な手がかりは得られないだろう」

「でしょうね」

「だから、情報収集はジミーさんに任せたんだ」

「そのほうがいいと思います。アイスピックは？」

「少し前にリトル東京の金物屋《かなものや》で買ったよ」

「三カ月かそこらアメリカに滞在してれば、外国人でも自由に銃器を買える州がたくさんあるんですがね。ジミーさんに相談して、未登録の拳銃を手に入れてもらったほうがいいんじゃないかな？　拉致犯グループは武装してるわけだし、おそらく重村も丸腰ってことはないだろうし」

「場合によっては、非合法な手段で銃器を手に入れなきゃならなくなるかもしれない」

「絶対に、そうすべきですよ」

「ドク、そっちで何かあったら、すぐに連絡してくれ」

唐木田はホテル名と部屋番号を教え、受話器を戻した。部屋の有線電話を使ったのである。

唐木田はソファに腰かけ、煙草をくわえた。

そのとき、洗面所から麻実が出てきた。化粧で、一段と美しく見えた。

「ちょっと早いが、代わりばんこに一階のグリルで昼食を摂《と》ろう」

「代わりばんこに？　そうか、ジミーさんがいつ訪ねてくるかわからないものね」

「そうなんだ。二人とも部屋を空けるわけにはいかないからな」

「それなら、ルームサービスでコーヒーとサンドイッチでも取りましょうよ」

「そうするか。それじゃ、適当に頼んでくれないか」

唐木田は言った。

麻実が快諾《かいだく》し、すぐに電話機に歩み寄った。
十五、六分で、部屋にコーヒーとビーフ・サンドイッチが届けられた。二人は差し向かいで軽食を摂った。
ジミー山室が部屋にやってきたのは、午後一時過ぎだった。

「唐木田さん、いい情報をキャッチしましたよ。知り合いの私立探偵が聞き込んだ話なんですが、パサディナ郊外でトレーラーハウス売春をやってる家族が日本人の男にきのう、そっくり雇われたらしいんです」

「家族で売春をやってる?」

「そう、そうね。両親が二台のトレーラーハウスのドライバーをやって、三人の美人姉妹が娼婦《しょうふ》をやってるんです。プアホワイトと呼ばれてる白人一家なんですが、ラスベガスとロスの間を行ったり来たりしながら、売春ビジネスをやってるという話だったよ。自分の娘たちに売春させるなんて、最低のお父さんとお母さんね」

「その一家はトレーラーハウスと売春婦の貸し出しを……」

「多分、そうね。二台のトレーラーハウスがあれば、人質の七人を隠しておけます。

犯人グループは三人姉妹とセックスも娯《たの》しめる。それから、トレーラーハウスの中で解析研究者たちを殴ったり、セックス・リンチをしたりできるね」

「その二台のトレーラーハウスは？」

　唐木田は訊いた。

「ロングビーチ方面に向かったことは確からしい。だけど、それ以上のことはわからないね」

「トレーラーハウスの色は？」

「どちらもピンクだって。かなり目立つ色だから、ロングビーチの周辺を車で走り回れば、きっと見つかると思うね。三人で行ってみよう」

「ジミーさん、これ以上、あなたに迷惑はかけられません。ロングビーチには、わたしたち二人で行きます」

「それ、水臭いね。わたし、岩上さんにとても世話になりました。あなたたちは彼の友達ね。だから、わたしが力になるのは当たり前よ」

「しかし、ご自分の仕事をお持ちなわけだから、いつまでもわたしたちは甘えられません。それとも、謝礼を受け取ってくれますか？」

「それは駄目です」

　ジミー山室が顔を大きく横に振った。

「岩上さんはあなたの厚意に甘えろと言ってましたが、やはり、そうはいかないと思い直したんです」

「困ったな。わたし、あなた方の力になりたいんです。それ、わかってほしいなあ」

「ええ、よくわかりますよ。それじゃ、最後にもう一つだけ甘えさせてください」

「どうぞ、どうぞ。わたしは何をすればいいんです？」

「あなたにご迷惑のかからない拳銃があったら、お借りしたいんです。洋弓銃《クロスボウ》でもかまいません」

「未登録の拳銃を手に入れるには少し時間がかかるね。でも、ピストル型の洋弓銃《クロスボウ》はわたしのオフィスにあります。矢も十本以上ある」

「護身用に、その洋弓銃《クロスボウ》をお借りできますか？」

「ええ、それはいつでもオーケーね。いったん事務所に戻って、洋弓銃《クロスボウ》と矢を持ってきましょう」

「わたしが借りに行きますよ」

唐木田は言って、麻実に目配せした。すぐに麻実が立ち上がった。

三人は部屋を出た。

ホテルの駐車場で、それぞれの車に乗り込む。唐木田はジミー山室の事務所に立ち寄り、洋弓銃《クロスボウ》と矢を十本ほど借りた。麻実は車に待たせておいた。

唐木田は借りた武器をトランクルームに入れ、素早くＢＭＷの運転席に坐った。見送りに出てきたジミー山室は、いかにも心配げだった。

「わたし、とても心配ね。犯人グループは五人もいて、武装してる。洋弓銃《クロスボウ》だけじゃ、まともに闘えないよ。唐木田さん、わたしのグロック32を持っていきなさい」

「それはできません」

「あなた、サムライね。オーケー、わかりました。もう何も言いません。ただ、困ったことがあったら、すぐに連絡してほしいね」

「そうさせてもらいます」

唐木田は片手を少し掲《かか》げ、レンタカーを走らせはじめた。

市街地を抜け、ロングビーチ・フリーウェイに入る。日本の高速道路と違って、車の流れはスムーズだった。

数十分で、ロングビーチに着いた。

フリーウェイを降り、海沿いに走ってみる。

ピンクのトレーラーハウスは目に留《と》まらない。ホテルやリゾートマンションの背後に回り込み、丘の斜面を登っていく。

緑に囲まれた住宅街を走り抜けると、別荘らしき建物が飛び飛びに連《つら》なっていた。

丘の向こう側は、ひどく殺風景だった。

荒れた土地が横たわり、樹木は少ない。ところどころに草地が見えるが、茶褐色《ちゃかっしょく》の地面が目立つ。小石も多かった。

タイヤが撥《は》ねた小石が時々、車体に当たる。

「こんな場所にトレーラーハウスはないんじゃない?」

麻実が言った。

「そう思うが、もう少し丘を下《くだ》ってみよう」

「そうね。海岸のそばを探し回るよりも、こっち側のほうが見つかりそうだわ」

「そうだな」

唐木田はBMWを弾ませつづけた。サスペンションは軋《きし》み通しだった。

丘を下《くだ》りきると、また樹木が多くなった。

市の管理地であることを示す立て看板はあるが、鉄条網の類《たぐい》は見当たらない。近くに民家はなかった。

椰子林《やしばやし》に沿って徐行運転していると、麻実が切迫した声をあげた。

「車を停めて!」

「どうしたんだ?」

唐木田はレンタカーを停止させた。

「椰子林の奥にピンクの箱のような物が見えるでしょ?」

「どこ、どこ？」

「ほら、あそこよ」

麻実が上体を屈《かが》め、林の奥を指で示した。

唐木田はその方向を見た。トレーラーハウスが横に並んでいた。

「どう？」

「トレーラーハウスに間違いなさそうだ」

「暗くなってから接近したほうがいいんじゃない？」

麻実が言った。

「敵に見つかる恐れがあるが、いま行ってみよう。いや、きみはここにいてくれ」

「女だからって、わたしを半人前扱いしないで。わたしもメンバーなのよ」

「別に半人前扱いしたわけじゃない。二人とも殺されちまったら、重村を追いつめられなくなるかもしれないと思ったんだよ」

「仮にそうなったら、ガンさんとドクが命がけで闇裁《やみさば》きをしてくれるはずだわ」

「そうだな。よし、二人で行こう」

唐木田は車のエンジンを切り、先に車を降りた。トランクルームの中から先に矢筒《やづつ》を取り出し、素早く腰に提《さ》げた。

洋弓銃《クロスボウ》を手にしてトランクリッドを静かに閉める。

すでに麻実は椰子林の際《きわ》に立っていた。

二人は中腰で、ピンクのトレーラーハウスに接近していった。二十メートルほど手前で、いったん立ち止まった。

エア・コンディショナーのモーター音は響いてくるが、人の話し声は聞こえない。

唐木田たちは、さらにトレーラーハウスに近づいた。

やはり、人のいる気配はうかがえない。

唐木田は洋弓銃《クロスボウ》に矢を番《つが》え、弓弦《ゆみづる》を引いて逆鉤《ユニバーサル・フック》に掛けた。あとは標的に狙いを定めて、引き金を絞ればいい。

二人は手前のトレーラーハウスまで抜き足で近づいた。

唐木田は短い階段を上がって、窓から内部を覗《のぞ》き込んだ。

巨大なベッドの上に、全裸の女が三人折り重なっていた。三人とも被弾し、血みどろだった。すでに息絶えていた。

床には、三姉妹の両親と思われる五十年配の男女が転がっている。どちらも頭部を撃ち抜かれていた。

「トレーラーハウス売春をやってた一家は射殺されてる」

唐木田は麻実に言って、もう一つのトレーラーハウスの中に飛び込んだ。

床に白人の男たちが倒れていた。

三人だった。いずれも頭部を撃ち砕かれていた。解析研究者たちだろう。血臭《けっしゅう》で、むせそうだ。残りの四人は、別の場所に移されたのか。

唐木田は外に出て、新鮮な空気を深く吸い込んだ。

「そっちにも死体が転がってたのね？」

麻実が訊いた。

「ああ、白人の男が三人射殺されてる。解析研究者だと思う」

「ひどいことをする連中ね。あとの四人は、どうしたのかしら？」

「おそらく、どこか別の場所で拷問されてるんだろう。二台のステーションワゴンがロングビーチのどこかに駐《と》めてあるかもしれない。とにかく、見つけ出そう」

唐木田は麻実と椰子林の中に戻った。

十数メートル進むと、前方から誰かが走ってきた。

敵か。

唐木田は一瞬、緊張した。

だが、駆け寄ってきたのはジミー山室だった。グロック32を握っている。

「二人とも無事ですか？」

「ジミーさんが、なぜ⁉」

唐木田はたたずんだ。麻実も足を止めた。

向かい合うと、日系アメリカ人が言った。

「BMWをこっそり尾《つ》けてきたんですよ。やっぱり、唐木田さんたちのことが心配になってね」

「あなたってお人は……」

「無事で何よりね。トレーラーハウスは空っぽだったんですか？」

「いいえ、八つの死体が転がってました」

唐木田は詳しい話をした。

「犯人グループの仕業《しわざ》でしょう。ここに来る途中、ロス市警の元同僚が電話で教えてくれたんですが、ロングビーチ沖で白人男性四人の溺死体が発見されたそうです」

「その四人は、もしかすると……」

「セレラ社の解析研究者たちでしょうね」

「ということは、犯人グループはもう未解析のヒトゲノムの研究段階を研究者たちから聞き出したんだな」

唐木田は低く呟《つぶや》いた。

「わたしも、そう思ったね。重村と五人の実行犯は、もうロスにいる必要はなくなったわけです」

「ええ。連中は、すぐに帰国するつもりなんでしょう」

「あなたたちも日本に戻ったほうがいいね。あとのことは、わたしがうまくやります。ひとまず、先にホテルに戻っててください」

ジミー山室がそう言い、トレーラーハウスに向かった。

唐木田は麻実とともにレンタカーに急いだ。

第五章　謎の異端者狩り

1

もどかしかった。

焦《あせ》りも色濃い。

唐木田はソファに腰かけた。四谷の自宅マンションだ。

ロサンゼルスから戻ったのは、五日前だった。その前日に重村清光が帰国したことは、すでに確認済みだ。伊勢たち五人の実行犯たちも、唐木田と同じ日に日本に戻ってきている。

しかし、重村たち全員の行方がわからない。

明光通信の社長は帰国してから、一度も会社や自宅に立ち寄っていない。軽井沢にある別荘や油壺のバネッサ号にも潜んでいなかった。

唐木田たち四人は、伊勢、橋本、奥、手塚、西原の現住所や本籍地を調べ、彼らが潜伏していそうな場所に張り込んでみた。しかし、誰ひとりとして網には引っかからなかった。

唐木田は遠隔操作器《リモート・コントローラー》を使って、テレビのスイッチを入れた。

午後三時過ぎだった。四日前から都内で大量殺人事件が相次いで発生していた。

最初の事件は、中野区内の貸ホールで起こった。同性愛者たちのカミングアウト集会場に時限爆破装置が仕掛けられ、およそ百六十人の死傷者が出た。亡くなった男女は四十人にも及んだ。

事件現場付近には、同性しか愛せない男女を罵《ののし》るビラが大量にばら蒔《ま》かれていた。

一昨日の夜は池袋や渋谷にたむろしている無職の少年たちに散弾が浴びせられ、上野公園や新宿中央公園を塒《ねぐら》にしているホームレスに手榴弾《しゅりゅうだん》が投げつけられた。併《あわ》せて六十数人が死に、重軽傷者の数は二百人を超えた。

昨夜は大久保通りや職安通りに立つ外国人街娼《がいしょう》が通りかかった車の中から短機関銃《サブ・マシンガン》を掃射され、三十数人が犠牲になった。

今朝未明には不法残留の外国人が多く住む百人町《ひゃくにんちょう》のアパート六棟に相前後して火が放たれ、コロンビア人、中国人、イラン人など五十人以上の男女が焼け死んだ。

一連の大量殺人の実行犯グループは十人前後で、いずれも犯行時には黒いフェイスキャップを被っていた。目撃者たちの証言から、犯人たちが日本人の男であることは間違いなさそうだ。

彼らは狂信的な考えに取り憑《つ》かれて、異端者たちを狩っているのだろう。実に愚かなことだ。

頻発《ひんぱつ》している凶悪なテロ事件ばかりがマスコミに取り上げられ、唐木田たちが追っている事件は新聞やテレビで報じられなくなっていた。

画面には、渋谷の街が映し出されていた。

テレビカメラがズームアップされ、焼け焦げた雑居ビルが大きく映し出された。ビルの前には、男の放送記者が立っている。

「繰り返しお伝えします。きょうの午後二時過ぎ、渋谷区宇田川町《うだがわちょう》にある雑居ビル五階の女性解放運動グループの事務局のドアが何者かによって抉《こ》じあけられ、放火されました」

五階の一室がアップで映された。

「犯人は五階の廊下にも大量のガソリンを撒いていたことから、大きな火災になりました。また、犯人の男の着衣にも火が燃え移り、逃走中に通行人らに取り押さえられました。この男は大田区大森に住む無職、西原章、三十四歳です」

放送記者が間《ま》を取った。

「西原は去年暮れに大手商社をリストラされ、求職活動中でした。犯行の動機については黙秘しています」

画面が変わった。スタジオの女性アナウンサーが映し出され、交通事故のニュースが伝えられはじめた。

唐木田はテレビの電源スイッチを切った。

西原章という名は忘れようもない。ロサンゼルスでセレラ・ジェノミクス社の特別研究所から、七人のヒトゲノム解析研究者を拉致したと思われる犯人グループのひとりだ。

唐木田は頭が混乱しそうになった。

ネット成金の重村の指示で、西原は女性解放運動グループの事務局に火を放ったのだろうか。

そうだとしたら、続発している異端者狩りの一環とも考えられる。

あるいは、西原は個人的な理由から放火しただけなのか。その可能性もなくはない。

しかし、どうも気になる。

唐木田は紫煙をくゆらせながら、重村が週刊誌に寄せたコメントの数々を思い起こしてみた。

ネット成金はビジネス面では常に新しさを求めているようだったが、ほかの点では保守的な考えの持ち主だった。国の経済に何らかの形で寄与している者を高く評価し、貢献度の低い者たちを軽《かろ》んじる傾向もあった。また、日本人がアジアでは最も優秀な民族だと言い切ってもいた。

そうしたことを考えると、重村が一連の異端者狩りに関与している疑いも捨てきれない。ただ、その証拠はまだ摑んでいなかった。

ヒトゲノムの解析データを盗み出したことと異端者狩りは、どう繋がっているのか。

唐木田は、さらに思考を巡らせた。

ヒトゲノムの解析データは、新薬の開発に大いに役立つ。その気になれば、解析データを途方もない価格で製薬メーカーに密売できるはずだ。

重村はその汚れた金で、社会の調和を乱していると思い込んでいる同性愛者、労働意欲のない人々、路上生活者、外国人娼婦、不法残留者などを非合法な手段で排する気になったのか。

唐木田はそこまで考え、背筋が寒くなった。

ヒトゲノムの解析が百パーセントに達すれば、あらゆる病気のメカニズムが明らかになる。難病の特効薬の誕生は、もう夢ではない。

だが、その一方でヒトゲノムの解析データは悪用もできるわけだ。遺伝子を少し組み換えるだけで、難病を誘発することも理論的には可能だろう。

歪んだ優生保護思想に凝《こ》り固まった人間が社会に不必要と考える異分子を排斥《はいせき》したいと願ったら、難病誘発剤を大量に製造するのではないか。医者や薬剤師たちの協力を得られれば、異分子たちの寿命を縮めることもできる。

手榴弾や短機関銃で異端者たちを抹殺するよりも、ずっと手間はかからない。虐殺手段としてもスマートだ。

社会派ノンフィクション・ライターだった影山宗範は、その種の恐るべき陰謀に気づいたにちがいない。

重村が河原崎や軽部を使って『マジカル・エンタープライズ』から横奪《よこど》りさせた約六百億円の裏金の一部はヒトゲノム解析データの入手資金に回され、残りは明光通信の事業資金に充《あ》てられたのだろう。

重村は解析データを密売するのではなく、自ら秘密製薬工場で難病誘発剤を開発させるつもりなのではないか。

そこで、唐木田はまた謎に突き当たった。

仮に重村がヒトラー気取りの誇大妄想狂であったとしても、大物政治家や財界人ではない。所詮《しょせん》は、ネットバブルで巨万の富を手にした俄《にわか》成金だ。

重村個人の力では、それだけ大きな悪のプロジェクトを動かせるわけはない。おそらく彼の背後には、秘密結社めいた陰謀組織が控えているのだろう。

ホームレス刑事の報告によると、警察庁刑事局次長の矢吹の妻は明光通信の監査役を務めているらしい。てっきり重村がキャリアの矢吹に個人的に飴玉を与えていると思っていたが、局次長夫人に毎月支払われている役員報酬は上納金の類《たぐい》なのかもしれない。

重村は、謎の秘密組織の一メンバーに過ぎないのではないのか。矢吹の妻の銀行口座が秘密組織の上納金の払い込み窓口になっているのかもしれない。

唐木田は携帯電話を手にし、明光通信本社の代表番号を押した。すぐに若い女性が電話口に出た。

「東京国税局査察部の者です。経理の責任者に替わってもらえませんか」

唐木田は、もっともらしく言った。

「失礼ですが、ご用件は？」

「ちょっと確認したいことがあるだけです。強制査察ではありませんから、どうかご安心ください」

「そうですか。いま、経理の責任者と替わります」

相手の声が途絶え、軽快なメロディーが流れてきた。アメリカン・ポップスだった。

少し待つと、中年男の声が響いてきた。

「お待たせいたしました。どのようなお訊《たず》ねでしょう？」

「監査役の矢吹瑠衣子さんの役員報酬は毎月、東西銀行渋谷支店に振込まれてるんですよね？」

「いいえ、違います。京和銀行の丸の内支店です」

「あれっ、おかしいな。きっと手許の資料が間違ってるんでしょう。えーと、振込み額は月々二百……」

「二百五十万でございます」

「そうでしたね。実は内部告発の手紙がこちらに届きまして、矢吹瑠衣子さんは脱税対策の水増し役員の疑いがあるというんですよ」

「いったい誰が、そんな悪意に満ちたことを言ってるんですかっ。内部告発者の名前を教えてください」

　相手の声には、怒気が含まれていた。

「それは明かせません。話を元に戻しますが、矢吹瑠衣子さんはちゃんと監査役の仕事をこなされてるんですね？」

「もちろんです」

「矢吹さんの役員報酬の振込み手続きは、どなたがおやりになってるんです？」

「それは、社長の重村自身が毎回……」

「重村社長が直《じか》に振込みをしてるんですか⁉」

「そうです」

「ほかの非常勤役員の給与も社長自身が振込んでるんでしょうか？」

「いいえ、そういうわけじゃありません」

「要するに、矢吹監査役の分だけ重村社長が自分で振込んでるわけですね？」

唐木田は確かめた。

「はい、そうです」

「なぜ、矢吹瑠衣子さんの給与だけ重村社長が振込んでるんですかね？」

「さあ、その点についてはわかりません」

「矢吹監査役は社長の愛人か何かなんですか？」

「なにをおっしゃるんですっ。矢吹監査役は、れっきとした人妻です。それも、ご主人は警察庁にお勤めの方です。社長と監査役は疚《やま》しい関係じゃありませんよ」

「矢吹監査役の旦那《だんな》は警察庁に勤務してるんですか。それじゃ、誤解を招くだろうな」

「どういう意味なんです？」

「少し意地の悪い見方をすれば、重村社長が警察庁関係者に袖《そで》の下を使ってるようにも受け取れるでしょ？」

「うちの社長が警察関係者に鼻薬を嗅《か》がせるなんてことは考えられませんよ。それは絶対にあり得ません。矢吹監査役と重村は、ある会のメンバー同士なんですが、別に利害関係はないはずですからね」

経理の責任者が言った。

「ある会というのは？」

「日本流鏑馬《やぶさめ》保存会ですよ。重村はペットマニアとして有名ですが、馬術と和弓を趣味にしてるんです」

「意外な趣味がおありなんだな」

唐木田は言った。

流鏑馬は、狩装束《かりしょうぞく》に身を固めた騎手が走る馬上から鏑矢《かぶらや》を三本放ち、三つの的《まと》を次々に射《い》る競技である。起源は鎌倉時代に遡《さかのぼ》ると言われているが、別の説もあるようだ。いずれにしても、日本古来からの馬上競技だろう。

「そんなわけですから、社長が警察関係の方とビジネス絡《がら》みで癒着《ゆちゃく》するなんてことは考えられませんよ」

「少し言葉が過ぎたかもしれません。その点は謝ります。ところで、その日本流鏑馬保存会の本部はどこにあるんです？　ちょっと雅《みやび》やかな会じゃありませんか。できたら、わたしも会に入りたいと思いましてね」

「そういう詳しいことはわかりません」

「それなら、重村さんに直《じか》に訊《き》いてみましょう」

「社長は出張中です」

「どちらに出張なさってるんです？」

「えっ、それはちょっと申し上げられません」

相手の狼狽《ろうばい》が伝わってきた。重村は、社員たちに自分の居所を誰にも教えるなと口止めしてあるのだろう。

「失礼ですが、東京国税局のどなたさまでしょうか？」

「佐藤です」

唐木田はありふれた姓を騙《かた》って、携帯電話の終了キーを押した。それから彼はノートパソコンを開き、日本流鏑馬保存会を検索してみた。

しかし、その名称では何も探《さぐ》り出せなかった。日本流鏑馬保存会というのは、狂信的な秘密組織の偽装団体なのではないか。

唐木田はそう思いながら、京和銀行丸の内支店に電話をかけた。さきほどと同じように東京国税局の職員を装い、預金係の男性行員に喋りかけた。

「お忙しいところを申し訳ありませんが、矢吹瑠衣子名義の口座が開かれているかどうかお調べいただけませんか？　それで口座がありましたら、明光通信という会社から定期的に入金があるかどうかも調べてほしいんですよ」

「強制査察に関わりのあるお問い合わせなのでしょうか？」

「そうです。本来でしたら、正式な手続きを踏んで、個人情報の公開を求めなければならないんですが、急を要することですので、こうして電話でお願いをしている次第です」

「わかりました。少々、お待ちください」

「よろしくお願いします」

唐木田は言って、ほくそ笑んだ。待つほどもなく、相手の声が耳に届いた。

「お待たせいたしました。確かに矢吹瑠衣子さまの総合口座はございました。毎月、明光通信という会社から名義人に二百五十万円ずつ振込まれてますね」

「やはり、そうでしたか。それで、いま現在の残高は？」

「数百円でございます」

「本当ですか⁉」

「はい、間違いありません。振込み日か、その翌日に毎月、明光通信さまからの二百五十万円はそっくり引き下ろされておりますので……」

「月々の振込みは、明光通信からだけですか？」

「いいえ、ほかに政治団体や七、八人の個人の方から数百万円の振込みがございますね。しかし、いずれも振込みの数日後には全額引き出されています」

「振込み人を教えてください」

「そこまでは、いまはお答えできません。正式の手続きを取っていただければ、もちろんお教えいたしますが……」

「わかりました。正式な手続きを踏むことにしましょう。ご協力に感謝します」

唐木田は諦《あきら》め、電話を切った。

矢吹瑠衣子の口座に毎月、数百万円を振込んでいる政治団体や個人は秘密組織のメンバーなのではないのか。現金化された上納金は、組織の活動資金として、どこかにプールされているのだろう。

唐木田はラークマイルドとライターを摑《つか》んだ。そのとき、部屋のインターフォンが鳴った。

唐木田はソファから立ち上がり、壁に掛かったインターフォンに走り寄った。

宅配便の配達だった。唐木田は三文判を持って、玄関に急いだ。

ドアを勢いよく開けた瞬間、白っぽい光が揺れた。刃物のきらめきだった。

黒いスポーツキャップを目深《まぶか》に被った三十二、三の男が、いきなり段平《だんびら》をまっすぐ突き出してきた。鍔《つば》のない日本刀である。

油壺でサイレンサー付きの自動拳銃をぶっ放した男とは別人だ。体型が明らかに違う。

とっさに唐木田は身を躱《かわ》し、ドア・ノブを手繰《たぐ》った。

暴漢が呻《うめ》いた。男の右腕はドアとフレームの間に挟まれる形になっていた。

唐木田はドアをさらに引っ張った。

刃渡り六十センチほどの日本刀が男の手から落ち、無機質な音を刻んだ。

唐木田は肩で力まかせに玄関ドアを押した。襲撃者が弾《はじ》け飛び、歩廊《ほろう》に転がった。

唐木田は歩廊に走り出て、倒れた男を蹴《け》った。

スリッパの先は、相手の鳩尾《みぞおち》のあたりに深くめり込んだ。

唐木田は腰を折り、相手の後ろ襟《えり》に手を伸ばした。

後ろ襟を摑む前に、男が頭から突っ込んできた。手負いの猪《いのしし》を連想させた。殺意が漲《みなぎ》っていた。

唐木田は腹に頭突きを喰《くら》い、尻餅《しりもち》をつく恰好《かっこう》になった。立ち上がろうとしたとき、前蹴りを見舞った。

今度は胸板を狙《ねら》われた。

躱《かわ》せなかった。唐木田は横倒れに転がった。

そのとき、隣室に住む若い主婦が歩廊に出てきた。彼女は大声を張り上げた。

「くそっ」

男は落ちたスポーツキャップを拾い上げると、非常階段のある方に走りだした。

唐木田は起き上がって、暴漢を追った。

男が非常扉を開け、踊り場に飛び出した。

唐木田も踊り場に出た。

早くも男は階段を駆け降りはじめていた。唐木田も階段を下《くだ》った。下の階まで降りたとき、男が足を踏み外した。叫び声を放ちながら、下の踊り場まで転げ落ちていった。

唐木田は男に駆け寄った。

ぴくりとも動かない。鉄柵《てつさく》の角に頭を強く打ちつけたのか、すでに呼吸はしていなかった。

唐木田は溜息《ためいき》を洩《も》らした。

2

覆面パトカーが到着した。

二台だ。警視庁機動捜査隊初動班の面々である。隣室の主婦が一一〇番通報したのは五、六分前だ。

唐木田は死んだ男のそばに立っていた。

覆面パトカーが駆けつける前に、彼は足を踏み外した暴漢の懐を探《さぐ》っていた。所持していた運転免許証から、男の身許が判明した。手塚誠という名で、三十六歳だった。

重村が雇った契約社員のひとりである。手塚は重村に命じられて、刺客になったのだろう。

三人の捜査員が非常階段を駆け上がってきた。

唐木田は、先頭の四十年配の男に見覚えがあった。先方も唐木田の顔を記憶していた。

「あなたは、東京地裁にいらした判事さんですよね？」

「ええ、そうです。唐木田です」

「思い出しました。唐木田判事でしたね。わたし、成毛《なるけ》です。法廷の証言台に何度か立ったことがありますんで、あなたのお顔はよく憶《おぼ》えています」

「わたしも、あなたのことは憶えてますよ。成毛というお名前までは思い出せませんでしたがね」

「奇遇《きぐう》ですね。風の便りで、判事をお辞めになったことはうかがっておりましたが、いまはどうしてらっしゃるんです？」

「近くで『ヘミングウェイ』という小さなプールバーをやってます」

「ご冗談でしょ？」

成毛が笑いながら、そう問いかけてきた。

「本当の話です」

「また、どうして……」

「裁判所と官舎を往復するだけの退屈な日々に耐えられなくなって、衝動的に判事を辞めてしまったんですよ」

「そうですか。それにしても、もったいない話ですねえ。弁護士会に登録されれば、すぐにも法律事務所を開けましたのに」

「法曹界には未練もなかったんでね」

「人生いろいろですな。ところで、あなたが本件の関係者だったとは驚きです。とりあえず、事情聴取させてください」

「わかりました」

唐木田は事の経過を話しはじめた。

成毛が手帳にボールペンを走らせる。二人の捜査員は白い布手袋を嵌《は》め、死体を観察しはじめた。それから間もなく、所轄の四谷署の刑事たちが駆けつけた。鑑識車や遺体運搬車も到着した。

「それじゃ、お部屋を見せてください」

成毛が促《うなが》した。

唐木田は成毛を自分の部屋に導いた。あとから、初動班の刑事たちが従《つ》いてきた。

現場検証がはじまった。

歩廊や玄関内の写真が撮《と》られ、凶器の位置などが確認された。指紋や足跡も採取された。

「襲われた理由に心当たりは？」

成毛が訊いた。

「それがまったくないんですよ。もしかしたら、わたしは誰かと間違われたのかもしれない」

「そうなんでしょうか」

「ええ、そうだと思います」

唐木田は答えた。成毛の同僚たちは、通報者の主婦から事情を聴取していた。

隣室の居住者は、唐木田が暴漢に日本刀で刺されそうになったときの状況を克明に語っている。事実、その通りだった。

所轄署の刑事たちがやってきた。三人だった。

成毛が彼らに初動捜査で得たことを要領よく伝えた。そして、唐木田が元判事であることも付け加えた。

とたんに、四谷署の刑事たちの物腰が柔らかくなった。一般的に警察官たちは、検事や判事には一目置いている。ただ、叩《たた》き上げの刑事の中には、検事に対してライバル意識を露《あらわ》にする者もいた。

しかし、裁判官はそのような目には遭《あ》わない。判事には捜査権がないからだろう。

「それじゃ、あとはよろしく！」

成毛たち初動班は捜査を所轄署に委《ゆだ》ね、先に引き揚げていった。

四谷署の捜査員たちも通報者から簡単な事情聴取をし、ほどなく去った。

「大変な目に遭いましたね」

隣室の主婦が声をかけてきた。

「こちらこそ、あなたにご迷惑をかけてしまいました」

「いいえ、そんなことはありません」

「あなたのおかげで、命拾いしましたよ。ありがとうございました」

「そんなふうに言われると、困ってしまうわ。とにかく、お怪我がなくてよかったですね」

「はい」

「景気がいっこうによくならないせいか、最近は凶悪な事件が増えてますね」

「ええ。お互いに気をつけましょう」

唐木田は自分の部屋に入った。

居間のソファに腰かけ、煙草に火を点ける。手塚という男が死んでしまったことで、また重村の潜伏先を吐かせるチャンスを逸《いっ》してしまった。

今回の事件では運の悪いことが幾度も重なり、じだんだを踏むことが多かった。闇《やみ》裁《さば》きの仕事に少し馴《な》れたことで、緊張感や冷徹さを失いつつあるのだろうか。

きっとそうにちがいない。リーダーの自分がまず気持ちを引き締める必要がありそうだ。そうすれば、三人の仲間は何かを感じ取ってくれるだろう。

短くなったラークマイルドの火を揉《も》み消したとき、コーヒーテーブルの上で携帯電話が鳴った。

唐木田は携帯電話を耳に当て、低く名乗った。

「手塚は失敗《ドジ》を踏んだな」

男のくぐもった声がした。口に何か含んでいるか、ボイス・チェンジャーを使っているのだろう。

「重村だなっ」

「違う」

「誰なんだ？」

「おまえに忠告しておこう。いま興味を持ってることは、すべて忘れるんだ」

「興味を持ってることって、何なんだい？」

唐木田は鎌《かま》をかけた。

「その手には乗らない。今後も猟犬じみたことをつづける気なら、おまえは獄中にいる殺人者の遺児にもうこっそり生活費を届けられなくなるぞ」

「なんの話をしてるんだ？」

「空とぼける気か。ま、いいだろう。健人とかいう坊主の生首を氷詰めにして届けてやろうか？　くっくっく」

相手が喉《のど》の奥で笑った。それは、鳩の鳴き声に似ていた。

唐木田は、とっさに返事ができなかった。

正体不明の男は、なぜ、そこまで知っているのか。毎月、健人に金を届けていることはチームの誰にも知られていないはずだ。

「義賊気取りもいいが、もっと自分の命を大事にしたら、どうなんだね？」

「重村の同志だなっ」

「同志⁉」

「日本流鏑馬保存会の会員なんだろ、あんたも」

「………」

相手が沈黙した。

「肯定の沈黙ってやつだな。日本流鏑馬保存会はカムフラージュで、その実体は狂信者どもの集まりなんじゃないのかっ」

「狂信者どもの集まり？　なんのことかわからないな」

「四日前から都内で続発してる異端者狩りのことを言ってるんだ。あんたたちの秘密組織は同性愛者、無職少年、外国人街娼、不法残留のアジア人、路上生活者たちを大量に殺害した。違うかっ」

「見当違いも甚《はなは》だしいな。とにかく、死んだノンフィクション・ライターのことは忘れろ」

電話が切れた。

脅迫電話をかけてきたのは、警察庁の矢吹徹なのではないか。唐木田は、そう直感した。手塚が死んでから、まだ時間はそれほど経《た》っていない。しかし、矢吹なら、警視庁の動きを瞬時にして知り得る立場にある。

それにしても、侮《あなど》れない相手だ。携帯電話のナンバーだけではなく、殺人者の妻子に生活費の一部をこっそり援助している事実まで摑んでいた。

十分ほど過ぎたころ、麻実から電話がかかってきた。

「何か変わったことは？」

「刺客に狙われた」

唐木田は詳しい話をし、重村が異端者狩りに関与している疑いがあることや脅迫電話のことも喋《しゃべ》った。

「わたしも、その日本流鏑馬保存会は秘密組織のダミーだと思うわ」

「そうか」

「実は電話したのは、ちょっと気になることがあったからなの」

「どんなことなんだい？」

「明光通信のホームページを覗《のぞ》いたら、近くバイオ・ベンチャーの分野に進出することになったという告知文が出てたの。そして、出資者を募りたいということもね」

「バイオ・ベンチャーか。重村は、例のヒトゲノム解析データを使って難病誘発剤を製造してくれる薬学研究者を探しはじめてるのかもしれないな」

「そうなのかしら？」

「単なる勘だが、おれはそう思うね」

「あなたの推理にケチをつける気はないんだけど、わざわざ難病誘発剤を製造させる気になるかしら？　ヒトゲノムの解析データをどこかの製薬会社にそっくり売れば、莫大《ばくだい》なお金が入ってくるわけでしょ？」

「ああ。数百億、いや、数千億円で売れるかもしれない」

「そうよね。そのお金で生物兵器か何か買って、異端者を大量に抹殺したほうが手っ取り早いと思うの」

「確かに、そのほうが手っ取り早いだろうな。しかし、生物兵器をブラックマーケットで手に入れると、何らかの証拠を残すことになる。それに、生物兵器を使ったら、社会にプラスをもたらす人々も巻き添えにする危険があるじゃないか」

「そうか、そうね」

「その点、難病誘発剤は手間隙《てまひま》はかかるが、抹殺したい人間だけを狙うことができる」

「ね、ちょっと待って。その方法だって、証拠を残すことになるんじゃない？」

麻実が異論を唱《とな》えた。

「つづけてくれ」

「ええ。難病誘発剤を使うには、大勢の医師や薬剤師を抱き込む必要があるわけよね？」

「そうだろうな。しかし、全国に協力者が数千人もいれば、異分子扱いしてる人々に難病誘発剤を万単位で投与できると思うんだ」

「ヒトラーみたいな医師や薬剤師が数千人もいるかな？　わたしには、ちょっと疑問に思えるわ」

「きみが言ったように、本気でこの世から異端者を抹殺したいと考えてるクレージーな医者や薬剤師はそれほど多くないだろう。しかし、生身の人間には他人には知られたくない部分があるんじゃないのか？」

「そういう弱みをちらつかされたら、異端者狩りに協力する者が出てくるかもしれないというのね？」

「そういうことだ。悪どい敵だから、弱みのない医者や薬剤師たちをセックス・スキャンダルの罠《わな》に嵌めて、協力を強《し》いるとも考えられる」

「ええ、それは考えられるわね」

「当人だけじゃなく、その家族にも罠が仕掛けられるかもしれない。ドラッグの誘惑に負けてしまう息子や娘もいるだろうし、若い男に引っかかる医者の妻や薬剤師の女房もいるだろうしな」

「そう言われると、反論の材料がなくなってきちゃったわ。話を逸《そ》らす気はないんだけど、重村は二十代のころから、ひたすら富を追い求めてきた男よね？」

「そうだな。金銭欲は並の人間の何十倍も強いんだと思うよ」

「そんな男が異端者たちを毛嫌いしてるからといって、秘密組織のために滅私奉公する気になるかしら？」

「それは微妙なところだな」

「もしかしたら、重村はセレラ社から盗み出したヒトゲノムの解析データを密売して、その代金を自分の懐に入れる気になったんじゃないのかしら？」

「バイオ・ベンチャーの新会社の出資者を募るというメッセージは、実はヒトゲノム解析データの買い手探しなんじゃないかってことだな？」

唐木田は確かめた。

「ええ、ひょっとしたらね」

「あり得《う》るかもしれないな。麻実、バイオ・ベンチャーの新会社に興味がある振りをして、重村との接触を試《こころ》みてくれ。おれは、あまりパソコンの扱いがうまくないからな」

「了解！　すぐにアクセスしてみるわ」

麻実が先に電話を切った。

唐木田はダイニング・キッチンに歩《ほ》を運び、マグカップにブラックコーヒーを注いだ。マグカップを居間のコーヒーテーブルに置いたとき、部屋のインターフォンが軽やかに鳴った。

別の殺し屋が差し向けられたのか。

唐木田は足音を殺しながら、玄関に急いだ。

ドア・スコープに片目を寄せると、歩廊に岩上が立っていた。ホームレス刑事は皺《しわ》だらけのハンカチで、太い首の汗を拭《ぬぐ》っていた。青い半袖《はんそで》シャツは汗で、ところどころ変色している。

唐木田は玄関ドアを開けた。

「警察無線で事件《ヤマ》を知って、びっくりしたよ。親分、危《ヤバ》かったな」

「運が悪けりゃ、いまごろは出血多量でくたばってたよ。ガンさん、すごい汗だね」

「水を一杯飲ませてくれや」

「オーケー、とにかく入ってよ」

「部屋の中は涼しいな。生き返った心地がするよ」

岩上がせっかちに靴を脱いだ。

唐木田は岩上を居間のソファに坐らせ、冷えたコーラを供した。岩上は息もつかずに、一気にコーラを飲み干した。

「うーっ、うまかった」

「もう一杯飲む？」

「いや、結構だ。水分は、すぐ汗になっちまうからな」

「無理強《じ》いはしないよ」

唐木田は岩上の前に坐り、伝えていないことをすべて話した。

「その脅迫電話をかけてきたのは、矢吹臭いな」

「ガンさんも、そう思うか」

「おそらく、間違いないだろう。矢吹なら、警察無線を聴けるし、ボイス・チェンジャーを使うぐらいの知恵はある。それに、これは噂《うわさ》なんだが、四、五年前に交通事故死した矢吹の三つ違いの弟は大阪でニューハーフ・バーのママをやってたらしいんだよ。矢吹は親しいキャリア仲間に、真顔で恥晒《はじさら》しの弟を自分の手で殺してやりたいと洩《も》らしてたそうだから、異端者狩りに加担してると考えてもいいだろうね」

岩上がそう言い、ハイライトに火を点けた。

ちょうどそのとき、麻実から連絡が入った。

「ワンテンポ遅かったわ。例のホームページにアクセスしたら、新事業の出資者が決まったという告知が……」

「ヒトゲノムの解析データの買い手が現われたようだな」

「ええ。多分、そうなんでしょうね。うまく重村と接触できると期待してたんだけど、残念だわ」

「仕方ないさ。別の方法で、なんとか重村の居所を探《さぐ》り出そう」

唐木田は、携帯電話の終了キーを押した。

「電話の相手、女社長だったんだろ?」

岩上が言った。唐木田はうなずき、明光通信のホームページの内容に触れた。

「重村は、きっとヒトゲノム解析データの買い手を見つけたにちがいない。大手の製薬会社は、盗んだデータを買わないだろう。おそらく準大手か、中小の製薬会社が買う気になったんだろうね。セレラ社から盗んだ解析データとわかってても、急成長のチャンスだからな。それに、セレラ社がまだ特許を取ってない解析データについては自社で読み取りをしたとも主張できる」

「そうだね。おっと、肝心なことが後回しになっちまった。親分、おれの娘を尾けてた奴の正体がわかったぜ」

「誰だったんだい？」

「驚いたことに、文英社の笹尾だったんだよ。きのうの晩、おれはわざと千晶にショッピングさせたんだ。そしたら、笹尾の奴がおれに気づかずに千晶を尾行しはじめたんだよ。よっぽど笹尾を取っ捕まえて詰め寄ってやろうと思ったんだが、わざと泳がせておいたんだ」

「やっぱり、笹尾は敵の内通者らしいな」

「奴は千晶を拉致《らち》する気で、そのチャンスをうかがってたんじゃねえのかな」

岩上が言った。

「そうなのかもしれない」

「親分、『現代公論』の副編集長をどこかに誘い込んで痛めつけてみようや」

「よし、女社長に色仕掛けを使わせよう」

唐木田は携帯電話を摑《つか》み上げた。

3

麻実が先に電話を切った。

唐木田は携帯電話を折り畳んだ。ほとんど同時に、着信音が響きはじめた。

「おれです」

浅沼だった。声が弾んでいた。

「ドク、重村の潜伏先がわかったんだな？」

「そうです。電話盗聴器がやっと役に立ちましたよ。ほんの少し前に、重村が女房にパスポートを用意しておけと自宅に電話を……」

「奥さんと海外旅行をする気なんだろうか」

「話の内容から察すると、重村は拠点をヨーロッパのどこかに移す気でいるようですね。それで、女房と住まいを探しに行くんじゃないのかな？」

「重村は、どこに隠れてるんだ？」

唐木田は訊《き》いた。

「紀尾井町《きおいちょう》のホテル・オオトモの一五〇五号室にいるようです。緊急の用事がある場合は、部屋に訪ねてきてもいいと響子に言ってましたから、そこにいることは確かでしょう」

「だろうな。重村は、ほかに何か奥さんに言ってなかったか？」

「近々、少しまとまった金が入る予定だと言ってました。重村はセレラ社から盗んだヒトゲノム解析データを売る気なんじゃないですかね？」

浅沼が言った。

「おそらく、そうなんだろう。ほかに重村は何か言ってなかったか？」

「警察の動きを気にしてるようでしたね」

「そうか。おれたちのことについては？」

「特に何も言ってませんでした」

「そう。ドク、例のことは確かめてくれたのか？」

「あっ、すみません。報告が後回しになっちゃいましたね。響子に確かめたところ、重村は乗馬と和弓を趣味にしてるという話でした。ただ、日本流鏑馬《やぶさめ》保存会のメンバーかどうかはわからないと言ってました」

「そうか。どこか乗馬クラブに入ってるという話は？」

唐木田は畳み込んだ。

「八ヶ岳乗馬クラブのメンバーで、月に一度は馬場に出かけてると言ってましたよ」

「ドク、重村夫人から八ヶ岳乗馬クラブの会員名簿を手に入れてくれないか。おそらく乗馬クラブの会員が主体になって、秘密組織を結成したんだろう」

「警察庁の矢吹も、乗馬クラブのメンバーなんじゃないのかな？」

「その可能性はありそうだな。それから、文英社の笹尾も会員なのかもしれない。ドク、ガンさんの娘さんを尾けてた奴は笹尾だったらしいんだよ」

「えっ」

「実はガンさんが、おれのマンションに来てるんだ。その話は少し前に聞いたばかりなんだがね」

「そうですか。やっぱり、あいつは敵のスパイだったんだな。汚い奴だ。影山さんとは親しくつき合ってたのに」

「笹尾はガンさんの娘さんを引っさらう気で尾行してたにちがいない」

「ええ、絶対にそうですよ。警戒したほうがいいと思います」

「そうだな。おれは、ホテル・オオトモに行ってみる」

「わかりました。それじゃ、おれはまた重村夫人に接近することにします」

浅沼が電話を切った。

すると、岩上が口を開いた。

「広尾の女たらし、重村の潜伏先を突きとめてくれたらしいね」

「そうなんだ。重村はホテル・オオトモの一五〇五号室にいるらしい」

唐木田は電話の内容をつぶさに話した。

「重村は秘密組織の仲間たちを裏切って、例の解析データをこっそり売る気だな」

「ああ、おそらくね。そして、ヨーロッパのどこかに身を潜《ひそ》めて、そこから社員たちに業務命令や指示を飛ばす気なんだろう」

「そうなんだろうな。親分、これから二人でオオトモに乗り込もうや」

「ホテルには、おれひとりで行く。ガンさんは千晶ちゃんに張りついてたほうがいいよ。おれたちの出方次第では、敵は千晶ちゃんを人質に取る気でいるんだろうから」

「そんなことはさせねえ」

岩上が唸《うな》るように言った。

「ガンさん、重村はおれに任せてくれ」

「娘のことは心配だが……」

「ガンさん、千晶ちゃんのガードをしてくれないか。これは、リーダーの命令と思ってほしいんだ」

「ありがとよ、親分」

「早く行ってやりなよ」

唐木田は急《せ》かせた。

岩上が立ち上がり、玄関に急いだ。

唐木田はブラックコーヒーを飲み干してから、武器の用意に取りかかった。三本のアイスピックの先を鑢《やすり》で尖《とが》らせ、手製の超小型洋弓銃《クロスボウ》の点検をする。それは狩猟用のカタパルトを改良した洋弓銃だった。

強力パチンコのY字形把手《とって》と生ゴムはそのままで、銃身部分には金属製のカーテン・レールが嵌《は》まっている。鋼鉄球の代わりに、畳針を飛ばすわけだ。

武器をショルダーバッグに詰め、部屋を出る。外は暑かった。

唐木田はレクサスで紀尾井町に向かった。

ホテル・オオトモは伝統があり、格式が高い。シングルルームに一泊しただけでも、五万円は取られる。その分、サービスは行き届いているという話だ。
十五、六分で、目的のホテルに着いた。
唐木田は地下駐車場にレクサスを置き、一階のフロントに回った。四十三、四のフロントマンが目礼し、笑顔を向けてきた。

「東京地検の者です」

唐木田は偽の身分証を短く呈示した。フロントマンの顔が引き締まった。

「当ホテルのお客さまのことで何かお調べなのでしょうか？」

「一五〇五号室に何日か前から、三十代半ばの男が宿泊してるね？」

「はい」

「その客の名は？」

唐木田は問いかけた。

「重森《しげもり》さまでございます」

「それは、本名から一字取った偽名ですよ。重森と名乗った男の住所は、どこになってます？」

「札幌市内です。重森さまはビジネス・コンサルタントをなさっていて、東京には二週間ほど滞在されるとのお話でした。検事さん、重森さまはどのような事件に関わっているのでしょう?」

「その種のご質問には、お答えできないんですよ」

「そうでしょうね。失礼いたしました」

フロントマンが詫びた。

「気になさらないでください」

「はい、ありがとうございます」

「一五〇五号室の客のことで、二、三教えてほしいんです。チェックインしたのは、いつでした?」

「確か四日前の正午過ぎでした」

「手荷物は?」

「トラベルバッグをお持ちでございました」

「それから、ずっと同じ部屋に泊まってるんですか?」

唐木田は矢継《やつ》ぎ早に訊いた。

「さようでございます」

「日中は外出することが多かったのかな?」

「いいえ、ほとんど館内からはお出になりませんでしたね。グリルやバーに出てこられるほかはお部屋に……」

「重森と自称してる男を訪ねてきた人物は？」

「ロビーやティールームでどなたかと会われるというようなことは一度もありませんでしたが、つい十分ほど前に五十代半《なか》ばと思われる男性が重森さまの部屋番号を確認しにいらっしゃいました」

「その男は、いまも一五〇五号室にいるんですね？」

「はい、多分いらっしゃると思います」

フロントマンが答えた。

唐木田は礼を言って、フロントから離れた。エレベーターで十五階に上がり、一五〇五号室のドアに耳を寄せた。

男同士の話し声がかすかに聞こえる。しかし、会話の内容まではわからなかった。

唐木田はエレベーター・ホールに引き返し、防犯ビデオカメラの死角になる場所にたたずんだ。ショルダーバッグの中から三本のアイスピックだけを摑み出し、ベルトの下に差し込んだ。

その直後、エレベーターが停止した。

唐木田は見るともなしにホールに視線を向けた。函《ケージ》の扉が左右に割れ、サングラスをかけた女が出てきた。

唐木田は、その女とどこかで会っているような気がした。だが、相手のことをすぐには思い出せなかった。

「あら！」

女が驚きの声をあげ、サングラスを外した。元テレビアナウンサーの藤堂冴子だった。麗人社交クラブに所属していた人妻売春婦である。

「妙な場所で会うもんだな」

「こういう偶然って、そう多くないんじゃありません？」

「そうだな」

「あなたからの電話をずっと待ってたのよ。気晴らしのサイドビジネスを主人に知られるとまずいと思ったんで、自分から連絡することはできませんでしたけど」

「麗人社交クラブは、まだ営業してるのか？」

「ううん、あそこは潰《つぶ》れたはずよ。いまは別のとこで、パートナーを紹介してもらってるの」

「いい加減に足を洗えよ」

「そうするつもりだったんです。でも、主人が遠征でいなくなっちゃうと、むやみに体が火照《ほて》ってしまってね」

「困ったもんだな。この階のどこかの部屋で、客が待ってるわけか？」

唐木田は言った。

「ええ、まあ。でも、キャンセルしてもいいのよ。あなたも、このホテルに部屋を取ってあるの？」

「いや、ちょっと仕事関係の人と会うことになってるんだ」

「これから？」

「そう」

「あら、残念だわ。せっかく会えたのにね」

「客をあまり待たせないほうがいいんじゃないのか。早く行ってやれよ」

「意地悪ね」

冴子が色っぽい目をして、ゆっくりとサングラスをかけた。

「そのうち、きみの携帯を鳴らすよ」

「ほんとに？」

「ああ」

「今度は、がっかりさせないでね」

「そうしよう」

唐木田は即答したが、電話をかける気はなかった。

冴子が唐木田の股間《こかん》を撫《な》で、足早に遠ざかっていった。吸い込まれたのは、一五一二号室だった。

唐木田は肩を竦《すく》めた。

一五〇五号室から白髪《しらが》混じりの五十五、六の男が現われたのは、数十分後だった。

唐木田は男に近づいていった。男が立ち止まり、訝《いぶか》しそうな目を向けてきた。

向き合うと、唐木田は相手を見据《みす》えた。

「東京地検の者です」

「ええっ」

「なぜ、そんなに驚かれたんです？　何か疚《やま》しいことでもやってるんですか？」

「あなた、失礼だな。わたしは東都製薬の副社長をやってる平岡辰彦《ひらおかたつひこ》という者だ」

男が昂然《こうぜん》と言った。東都製薬は準大手で、感冒薬のシェアは全国一だった。

「あなた、いま一五〇五号室から出てきましたね？」

「それがなんだというんです？」

「部屋に明光通信の重村社長がいますね？　重森という偽名で、このホテルに泊まってるようだが」

「わたしは別に法に触れるようなことはしてませんよ」

「質問にちゃんと答えるんだっ。重村は部屋にいるんだね！」

唐木田は顔全体に凄《すご》みを溜《た》めた。

「い、いますよ。誤解されたくないんで、もう一度言います。わたしは重村さんの会社のホームページを見て、ちょっとバイオ・ベンチャー企業の立ち上げの話に興味を持っただけなんです。問題のある研究データなんか買ってませんよ」

平岡が言ってから、すぐに後悔する顔つきになった。

「その研究データというのは、ヒトゲノム解析データのことですね？」

「えっ、どうして知ってるんです⁉」

「やっぱり、そうか。重村はセレラ社から盗み出したヒトゲノム解析データをいくらで売りたいと言ったんです？」

「………」

「平岡さん！　場合によっては、あなたを法廷に送ることもできるんですよ。正直に話してくれませんか」

「一千億円で買わないかと言われました」

「ずいぶん吹っかけたもんだな」

「ヒトゲノムの解析データはほぼ完璧《かんぺき》に揃《そろ》ってるというんで、喉《のど》から手が出るほど欲しかったんですが、こちらの予算と大きな開きがあったもんですから、商談は成立しなかったんですよ」

「解析データは見たのかな？」

「一部をプリントアウトで見せてもらいました。重村さんはセレラ社から全データの使用権を買い取ったと言ってたが、おそらく……」

「ハッカーを使って、セレラ社から盗み出したものと思ってた？」

「ええ、まあ。セレラ社が特許権を取得したのは全体の四割に過ぎませんから、値段が折り合えば、手に入れたかったんですが、あまりに高くてね」

「盗品と知ってて購入したら、法に触れることはわかってるでしょ？」

「ええ、それはもちろん知ってます」

「東都製薬も少し叩《たた》けば、埃《ほこり》が出そうだな」

「検事さん、あまりいじめないでくださいよ」

「わたしに協力してくれれば、すべて不問に付しましょう」

唐木田は言った。

「何をしろとおっしゃるんです？」

「ヒトゲノムの解析データを一千億円で買ってもいいと重村を騙《だま》して、一五〇五号室のドアを開けさせてもらいたいんですよ。重村が内錠を外したら、あなたは消えても結構ですから」

「うむ」

「何も考えることはないでしょ？　わたしに協力しなかったら、東京地検はあなたの会社から埃が出るまで叩きつづけることになりますよ」

「検事が、やくざみたいなことを言うんですね。まいったな」

「さ、どっちにします？　好きなほうを選んでください」

「協力すればいいんでしょ、協力すれば」

平岡が自棄《やけぎみ》気味に言った。

唐木田は薄く笑って、平岡の片腕を摑んだ。二人は一五〇五号室に急いだ。

平岡が部屋のチャイムを鳴らす。

料金の高い部屋には、たいていドア・チャイムが設置されている。ややあって、男の声がドアの向こうから響いてきた。

「どなたです？」

「東都製薬の平岡です。重村さん、例のもの、一千億円で引き取らせてもらいます」

「ほんとですか⁉」

相手の声が弾んだ。

唐木田は平岡の肩を無言で押しやった。

平岡がうなずき、足早にエレベーター・ホールに向かった。

唐木田はショルダーバッグから、手製の超小型洋弓銃を取り出した。畳針は装塡《そうてん》済みだった。

ドアが内側に引かれた。

唐木田は部屋の中に躍《おど》り込み、重村を突き倒した。後ろ手にドアを閉め、重村の脇《わき》腹《ばら》に鋭いキックを見舞う。

「ロスでは逃げられたが、今度は諦《あきら》めるんだなっ」

「どうして、ここにいることがわかったんだ⁉」

重村が唸《うな》りながら、目を剝《む》いた。深緑《ふかみどり》のポロシャツに、下はベージュの麻のスラックスだった。

唐木田は返事をしなかった。重村の片方の足首を摑み、控えの間の奥まで引きずっていった。

控えの間にはソファのセットとダイニング・テーブルがあった。窓側の机の上には、ノートパソコンが置かれている。奥の部屋が寝室になっていた。ツインのベッドが見える。

「セレラ社からかっぱらったヒトゲノムの解析データの買い手探しも大変だな」

「何を言ってるんだ？」

重村が肘《ひじ》で上体を支え起こした。

「天才ハッカーのケビン・クーパーがもう口を割ってるんだ。観念しろ！」

「…………」

「あんたはJ&Kカンパニーの河原崎と軽部をうまく唆《そそのか》して、『マジカル・エンタープライズ』の裏金六百二億四千万円を着服させた。そして、軽部に河原崎の口を封じさせ、そのあと番犬どもに軽部も始末させた。それから、愛人の鮎川亜希も家ごと焼き殺させ、ケビンを使ってセレラ社から解析済みのヒトゲノムのデータを盗ませた。さらに特別研究所から七人の研究者を伊勢たちに拉致させ、未解析分の研究データを喋らせた。研究者のうち三人はトレーラーハウスで売春をやってる一家と一緒に殺害し、残りの四人は別の場所で始末して、ロングビーチ沖に死体を棄《す》てさせた。どこか間違ってるか？」

　唐木田は長々と喋った。

　重村は絶望的な顔つきになっただけで、何も反論しなかった。

「解析データの詰まったUSBメモリーは、どこにあるんだ？」

「ここにはないよ。高値で売れる貴重なデータだから、持ち歩くわけないだろうがっ。あんた、ばかか？」

「言ってくれるな。ま、いいさ。日本流鏑馬《やぶさめ》保存会は、狂信的な秘密組織の隠《かく》れ蓑《みの》だなっ。あんたは毎月、警察庁の矢吹の女房の銀行口座に二百五十万円ずつ振込んでる。その金は、一種の上納金だな？」

「おれは、流鏑馬を絶やしたくないと思ってるんだ。だから、保存会に寄附してるんだよ。おかしな勘繰りはやめてくれ」

「ふざけるな。秘密組織が続発してる大量殺人に深く関わってることはわかってるんだっ。リストラされた者たちに異端者狩りをやらせてるだろうが！」

「話がよく呑《の》み込めないね」

「とぼけるのも、いい加減にしろ！　あんたたち狂信者グループは世の中の異分子を排す気なんだ。ヒトゲノムの解析データを欲しがったのは、難病誘発剤の類《たぐい》を開発して、異端者を抹殺したかったからじゃないのかっ。しかし、あんたは欲に駆られて、こっそりヒトゲノム解析データをどこかの製薬会社に売る気になった。で、ホームページにバイオ・ベンチャーの分野に進出するという告知文を流し、ヒトゲノム解析データの買い手を探した。東都製薬が商談に乗ってきたが、価格で折り合いがつかなかった」

「…………」

「ノンフィクション・ライターの影山宗範は、秘密組織の異端者狩りの陰謀を知ったため、殺されることになった。影山を轢《ひ》き殺させたのは、あんたじゃないのか？」

「おれじゃないよ。そのノンフィクション・ライターを始末させたのは、おれじゃない」

重村が強く主張した。

唐木田は超小型洋弓銃の引き金を絞った。放った畳針は、重村の太腿《ふともも》に深々と突き刺さった。

重村が畳針を引き抜き、転げ回りはじめた。

唐木田は二本目の畳針を手製の武器にセットした。

「『マジカル・エンタープライズ』の裏金をネコババさせて、セレラ社からヒトゲノムの解析データをいただいたことは認めるよ。順序が逆になったが、軽部に河原崎を始末させたことも認める。しかし、軽部や影山とかいうノンフィクション・ライターを殺《や》らせたのは、おれじゃないっ。それだけは信じてくれ。おれの後ろには、凄い大物たちが何人もいるんだ。キャリアの矢吹さんだって、単なる使いっ走りに過ぎない」

「秘密組織を牛耳《ぎゅうじ》ってるボスは誰なんだっ」

「それは……」

重村が黒幕の名を口にしかけたとき、部屋のドアが蹴破《けやぶ》られた。

次の瞬間、黒っぽい塊《かたまり》が投げ込まれた。

それは手榴弾だった。唐木田は寝室に逃げ込んだ。

炸裂音《さくれつ》が轟《とどろ》き、橙色《だいだいいろ》の閃光《せんこう》が走った。

重村の短い悲鳴が聞こえた。ベッドの陰にうずくまっていた唐木田は、爆風すら感じなかった。

起き上がって、控えの間《ま》に走った。

火薬と血の臭《にお》いが濃い。爆死した重村の上半身はミンチ化していた。唐木田はショルダーバッグの中に手早く武器をしまい、部屋を飛び出した。

廊下に犯人らしい人影は見当たらない。各室のドアから、客たちが姿を現わした。

唐木田はうつむき加減に歩きはじめた。

4

数台のパトカーと擦《す》れ違った。

ホテル・オオトモの前の通りだ。消防車や救急車のサイレンも響いてくる。

唐木田はレクサスのターンランプを点けた。大通りから裏通りに入り、そのまま直進する。

車を数百メートル走らせたとき、麻実から連絡が入った。

「いま、目標を赤坂のホテルに誘い込んだわ」

「笹尾が、きみの正体に気づいてる様子は？」

「それは心配ないわ。わたし、ウィッグを被って、化粧もふだんとは変えてるから」

「それじゃ、笹尾をバスルームに閉じ込めておいてくれないか」

唐木田はホテル名と部屋番号を訊いてから、携帯電話の終了キーを押した。

教えられたシティホテルは、目と鼻の先だった。数分で、目的のホテルに着いた。

唐木田はレクサスを地下駐車場に入れ、十六階に上がった。一六一〇号室のドアを小さくノックする。

すぐに麻実がドアを細く開けた。

バスルームから湯の弾ける音が響いてくる。笹尾は淫《みだ》らな想像をしながら、体を洗っているにちがいない。

唐木田は部屋の中に入った。

ツイン・ベッドルームだった。麻実は奥に移動した。唐木田もバスルームから離れた。

「笹尾が出てきたら、すぐに痛めつける。きみは、こっそりＩＣレコーダーを作動させてくれ」

「もう準備はできてるわ」

麻実が砂色の上着の左ポケットを軽く押さえ、片方のベッドに浅く腰かけた。唐木田はベッドとバスルームの間に隠れた。

少しすると、バスルームのドアが開いた。

「今度は、きみがシャワーを浴びる番だ」

笹尾の声だ。麻美が、ぞんざいな口調で告げた。

「あんたとセックスする気はないわ」

「なんだよ、いまさら。きみがおれをホテルに誘っといて、ふざけるな!」

「事情が変わったのよ」

「冗談じゃない。おれは絶対に姦《や》るぞ」

笹尾が息巻き、ベッドに駆け寄った。腰に水色のバスタオルを巻きつけている。

唐木田は空咳《からぜき》をした。

「あ、あんたは⁉」

笹尾が棒を呑《の》んだような表情になった。唐木田は三本のアイスピックをベルトの下から引き抜き、笹尾の前に進み出た。

「灯台下暗《もと》し、だったよ。あんたが敵側の人間だったとはな」

「唐木田さん、何を言ってるんです?」

笹尾が大仰《おおぎよう》に首を傾《かし》げた。すると、麻実が立ち上がって、伝法《でんぽう》な口を利いた。

「とぼけんじゃないよ。しれーっとした顔してると、張っ倒すわよっ」

「きみ……」

「気やすくきみなんて言うんじゃないわよ。さっさとやったことを吐くのね」

「そう言われても、思い当たるようなことはないんだ」

笹尾がぼそぼそと呟《つぶや》いた。

麻実が足を飛ばす。前蹴りは笹尾の股間に入った。

笹尾が呻《うめ》いて、前屈《まえかが》みになった。すかさず麻実が両手を組み合わせ、笹尾の首にラビット・パンチを落とした。

笹尾はカーペットの上に這《は》う恰好《かっこう》になった。

唐木田は右足で笹尾の背中を強く踏みつけた。

「さ、説明してもらおうか。あんたが重村たちに加担してたのは、なぜなんだ?」

「ううーっ」

笹尾は痛みを訴えるだけで、質問には答えようとしない。

唐木田は靴の踵《かかと》の角で、笹尾の背骨を強打した。笹尾が唸って、四肢《しし》を縮める。

「次はアイスピックを背中に突き立てることになるぜ」

「やめてくれ。おれはセックス・スキャンダルの罠に嵌められて、重村に協力を強《し》いられたんだ」

「女を宛《あて》がわれて、情事のビデオでも盗み撮りされたんだな?」

「そうなんだが、ただのセックス・ビデオじゃないんだ。おれは相手の家出娘を両手で強く絞めて……」

「殺しちまったのか?」

唐木田は確かめた。

「そうなんだ。でも、殺す気なんかなかったんだよ。嘘《うそ》じゃない。女の首を絞めると、下のほうが締まるって俗説を検証してみたかったんだ。かなり首を絞めても、相手の緊縮感は強くならなかった。それで、ついつい両手に力が入ってしまったんだ。ばかなことをしたよ」

「その殺人ビデオで脅されて、あんたは何をやったんだっ」

「スカイラインで……」

笹尾が言い澱んだ。

「影山ちゃんを轢き殺したのは、あんただったのか⁉」

「仕方がなかったんだ。彼を葬《ほうむ》らなければ、おれを殺人罪で逮捕させると警察庁の矢吹さんが……」

「重村に脅迫されたんじゃなかったのか」

「矢吹徹だよ。あの男は重村とのつき合いや秘密組織のことを影山氏に知られてしまったんだ。それだけじゃなく、築地の料亭で開かれた秘密組織の会合に出席する大物たちの顔写真を影山氏に撮られてしまったらしい。それで、おれはその写真を奪えとも命じられたんだが、どこにもなかった。影山氏を車で撥《は》ねたのはおれだが、こっちもある意味では被害者なんだ。そのあたりのこともわかってくれないか」

「二人の人間を殺しといて、被害者面《づら》するんじゃないっ」

唐木田は怒声を放ち、笹尾の肩口にアイスピックを投げつけた。アイスピックは数センチ埋まった。右の肩だった。

笹尾はアイスピックをすぐに引き抜き、傷口に手を当てた。左手の指が鮮血に染まりはじめた。

「一連の異端者狩りは、日本流鏑馬保存会を隠れ蓑にした秘密組織の犯行なのねっ」

麻実が笹尾に鋭く言った。

「そうだよ。連中は、乱れきった日本から異分子を排して、健全な世の中にしたいと恐ろしい陰謀を抱《いだ》いてるんだ。ヒトゲノムの解析データを悪用して、癌《がん》を誘発する薬を開発する気でいるんだよ」

「その薬で、社会に悪影響を与えてると勝手に思い込んでる同性愛者、無職少年、外国人街娼、路上生活者、不法残留のアジア人なんかを早死にさせようとしてるのね?」

「ああ、連中は本気でそう考えてるんだ。癌誘発剤ができるまで、リストラされた者たちに異端者狩りをやらせるつもりなんだよ」

「重村は手に入れたヒトゲノム解析データをこっそり売って代金を独り占めにしようとしたんで、ホテル・オオトモで爆死させられたんだなっ」

唐木田は話に割り込んだ。

「そうだよ。重村の実兄は八、九年前にタイ人娼婦にエイズをうつされて、精神のバランスを崩してしまったんだ。それ以来、重村は日本にいる外国人娼婦を目の仇にするようになった。そんなとき、馬術クラブで知り合った矢吹と意気投合したんだよ。矢吹の弟は文武両道に秀《ひい》でた男だったらしいんだが、なぜかニューハーフになってしまったというんだ。その弟は数年前に交通事故死してるらしい。轢き逃げで、未《いま》だに犯人は捕まってないというから、ひょっとしたら、矢吹が実弟を轢き殺したのかもしれないね。矢吹一族の名誉のためにね」

「秘密組織の名はなんていうんだ?」

「正式な名称もなければ、事務局も設けてないらしいよ。矢吹は組織の活動資金を集めたり、メンバーに招集をかけたりしてるようだね。会員は百数十人らしいんだが、実質的な会長は、元警視総監で法務大臣や防衛省長官も務めた民自党の超大物議員らしい」

「それは、畑山兵衛《はたけやまひょうえ》のことだな?」

「ああ、そうだよ。参謀《さんぼう》には民族派財界人の阿相是政《あそうこれまさ》、右翼の論客として知られてる大学教授の鳴神聡《なるかみさとし》といった錚々《そうそう》たる連中が名を連ねてるという話だったね」

「重村が『マジカル・エンタープライズ』から横奪《よこど》りした約六百億はどうしたんだ?」

「五百億円は矢吹が秘密組織の金として、オーストリアの銀行の秘密口座《ナンバード・アカウント》に預けているって話だよ」

「オーストリアの銀行だって？」

「そう。スイスの銀行よりも、秘密を保《たも》てるんだってさ」

「いまもナチスの財宝がオーストリアの銀行に秘匿《ひとく》されてるって噂があるくらいだから、それは嘘じゃないのかもしれない。ところで、千晶ちゃんを尾けてたのは、いずれ誘拐する気だったんだな？」

「そうだよ。おたくたちが影山氏の事件のことを嗅《か》ぎ回ってるって重村に報告したら、警察庁刑事局次長の矢吹が岩上の娘の行動パターンを調べておけと……」

笹尾が痛みに顔をしかめた。

「おれに脅迫電話をかけてきたのは、矢吹だな？」

「そのことは知らないが、矢吹はあんたのことをいろいろ調べてたようだよ」

「そうか。千晶ちゃんを拉致することは決定したのか？」

「それは知らない。誘拐するのは、伊勢たちの仕事だからね。伊勢は油壺でおたくを始末できなかったことを悔しがってたよ」

「重村が雇った番犬どもは、矢吹に取り込まれたようだな」

「最初っから、矢吹が重村に命じて格闘技や射撃術に長《た》けたリストラされた男たちを明光通信の契約社員にさせたんだよ。軽部を殺《や》ったのは、伊勢って男だ。もちろん、殺しの命令を下《くだ》したのは矢吹さ」

「そうだったのか。伊勢たちはどこにいるんだ？」

「畑山兵衛のセカンドハウスにいるはずだよ。しかし、その家がどこにあるのか、おれは教えてもらってないんだ」

「そうか」

唐木田は麻実に目配せした。

麻実が上着のポケットからICレコーダーを取り出し、スイッチをオフにした。

「ろ、録音してたのか⁉」

笹尾の声は裏返っていた。

「そういうことだ。矢吹の携帯のナンバーを教えてもらおうか」

「そんなことをしたら、おれはあの男に殺されてしまう」

「録音音声を矢吹に聴かせれば、奴は何もできやしないさ」

唐木田は言って、懐から携帯電話を摑み出した。笹尾が諦《あきら》め顔で、命令に従った。

矢吹が電話口に出た。唐木田は、のっけに挑発した。

「今度、ボイス・チェンジャーを貸してくれよ」

「きさま、唐木田だなっ」

矢吹がうろたえた。

「そうだ。面白い録音音声を聴かせてやろう」

唐木田は携帯電話を耳から離した。麻実が録音音声を再生させる。かなりの音量だった。

やがて、音声が熄《や》んだ。

「笹尾は、いま、ここにいる。あんたと裏取引をしたいと思ってね」

唐木田は矢吹に言った。

「笹尾の言ってることは、すべてでたらめだ。わたしは警察庁の人間だぞ。いかなる犯罪にも関与してない」

「往生際が悪いな。おれたちは、影山ちゃんが隠し撮りした写真のデータも手に入れたんだよ」

「どこにあったんだ？」

矢吹が尻尾《しっぽ》を出した。

「そいつは教えられない。しかし、築地の料亭の名もくっきり撮《と》れてるし、あんたの顔も鮮明に映ってる。それから、畑山兵衛、阿相是政、鳴神聡たちの姿もな」

「なんだって⁉」

「納得できる条件を提示してくれれば、録音音声のメモリーと写真のデータは譲ってやってもいい」

「ぜひ譲ってくれ」

「それじゃ、ひとりでここに来てもらおうか」

唐木田はホテルの名と部屋番号を告げ、一方的に電話を切った。すぐに岩上と浅沼に招集をかける。

二十分ほど経《た》つと、二人は相前後して駆けつけた。

矢吹が単身でやってくるとは思えない。唐木田は、ホームレス刑事と美容整形外科医を部屋の外に立たせた。

矢吹はいっこうに姿を見せない。

廊下で人の揉《も》み合う音がし、岩上と浅沼が二人の怪しい男を部屋の中に引きずり込んだ。片方は伊勢で、もうひとりは奥だった。どちらもサイレンサーを嚙《か》ませた自動拳銃を所持していた。

唐木田は二挺《ちょう》の拳銃を奪ってから、浅沼に目で合図した。浅沼が二人の刺客を麻酔注射で眠らせた。

唐木田は、ふたたび矢吹の携帯電話を鳴らした。

「伊勢君だな？　唐木田を押さえてくれたんだね？」

矢吹が確かめた。

「あいにくだな」

「きさま、唐木田か⁉」

「伊勢と奥って奴は取り押さえた。今度こそ、ひとりで来い。いいな！」

「わかった」

「そうだ、ヒトゲノムの解析データをすべて持ってくるんだ。USBメモリーはもちろん、プリントアウトもな。命令に背《そむ》いたら、あんたはもちろん、首謀者の畑山兵衛にも未来はないぜ」

「わかってるよ。必ず行く。ヒトゲノムの解析データは渡すから、さっきの録音音声のメモリーと写真のデータを譲ってくれないか」

「前向きに検討してみよう。とにかく、早く来い！」

唐木田は電話を切り、笹尾から離れた。

浅沼が心得顔で笹尾に近づき、麻酔注射で意識を混濁させる。

「親分、これからの段取りを教えてくれや」

岩上が声をかけてきた。

「番犬どもは見逃してやろう。しかし、笹尾と矢吹は処刑しなきゃな」

「それじゃ、二人はドクんとこに運ぶんだね？」

「ああ。それで、笹尾と矢吹にはクロム硫酸の風呂に入ってもらう。秘密組織の首謀者たちは後日、別の方法で始末することにしよう。みんなの意見は？」

唐木田は、三人の仲間の顔を順ぐりに見た。異論を唱《とな》える者はいなかった。

「例の六百億円は、どこに消えたんです？」

浅沼が問いかけてきた。唐木田は、笹尾から聞いた話を伝えた。

「重村はもう死んじゃったから、百億は取れそうもないですね」

「ああ。それから、オーストリアの銀行の秘密口座に預けてあるという五百億円も奪うことはできないだろう」

「それじゃ、おれたちはおいしい思いができないわけか。まいったな」

「ドク、安心しろ。矢吹からヒトゲノム解析データを手に入れたら、そいつをインターネット・オークションで競《せ》り落とさせるつもりなんだ。もちろん、セレラ社から流出した解析データだってことは伏せて、競りにかけるわけだがな」

「それは、いい手ですね。多分、すぐに買い手はつくでしょう。うまくしたら、五百億円以上で売れるんじゃないのかな？　そしたら、ボーナスを弾んでくださいよね」

「リッチなくせに、しっかりしてやがる」

「おれ、一日も早くヨーロッパの古城を手に入れたいんですよ」

浅沼が目を輝かせ、自分の夢を語りはじめた。

岩上は関心がないらしく、窓辺に寄った。

唐木田は麻実と顔を見合わせ、小さく苦笑した。すでに何度も聞かされていた話だったからだ。

浅沼が語り疲れたとき、ドアがノックされた。

唐木田は身構えながら、ドアを開けた。来訪者は矢吹だった。

マニラ封筒を抱えていた。中身は、ヒトゲノム解析データの詰まったＵＳＢメモリーやプリントアウトだった。

「録音音声のメモリーと写真のデータを渡してくれ」

矢吹が言った。

「渡してもいいが、あんたは録音音声のメモリーもデータもボスの畑山には届けられないぜ」

「それは、どういう意味なんだ⁉」

「あんたと笹尾は眠ったまま、あの世に行くんだよ」

唐木田は言って、矢吹の顔面にストレート・パンチをぶち込んだ。矢吹が棒のように倒れた。

すぐさま麻実と岩上が、矢吹の手脚《てあし》を押さえつける。

浅沼が片膝を落とし、矢吹の腕の静脈に注射針を突き立てた。麻酔溶液は、たちまち矢吹の体内に吸い込まれた。

唐木田たち四人は意識を失った笹尾と矢吹を毛布でくるみ、業務用エレベーターで地下駐車場に降ろした。幸運にも、ホテルの従業員とは顔を合わせなかった。

笹尾と矢吹を浅沼美容外科医院の地下室に運び込むと、麻実と岩上が二人の衣服を手早く脱がせた。

浅沼が大きな液槽にクロム硫酸を満たす。唐木田は浅沼と二人がかりで、笹尾と矢吹を液槽に投げ落とした。白煙が立ち昇り、クロム硫酸が激しく泡立ちはじめた。肉の焼け焦《こ》げる臭気も漂ってきた。

「悪党どもの肉は臭《くせ》えな。鼻がひん曲がりそうだ」

岩上が地下室から逃げだした。

浅沼と麻実も笑いながら、ホームレス刑事につづいた。

唐木田は液槽の二つの死体が骨になってから、地下室を出た。待合室に上がったとき、宮脇智絵から電話がかかってきた。

「唐木田さん、宗範さんがいつも持ってた茶色のショルダーバッグが見つかりました」

「どこにあったんだい？」

「宗範さんの実家の近くにある小さな神社の祠《ほこら》の床下に隠されてたんです。そこは、子供のころの遊び場だったらしいの」

「バッグの中には何が入ってたんです？」

「取材メモや写真のデータが二本入ってました。わたし、いま、金沢から東京に戻ったとこなんです。どこかで、お目にかかれませんか？」

「いいですよ。それでは、三十分後に新宿プリンスホテルのロビーで落ち合いましょう」

唐木田は智絵に言って、電話を切った。三人の仲間に事情を話し、急いで彼はレクサスに乗り込んだ。


五日後の午後一時過ぎである。

唐木田は八ヶ岳連峰の赤岳《あかだけ》の麓《ふもと》にいた。

乗馬クラブの広い中庭では、狂信的な秘密組織のメンバーがバーベキュー・パーティーを愉《たの》しんでいた。六、七十人はいそうだ。男が圧倒的に多いが、中年女性も七、八人見える。

ほぼ中央に、畑山兵衛、阿相是政、鳴神聡の三人がたたずんでいた。

三人はビールジョッキを片手に何か談笑している。その周囲には、幹部と思われる会員たちが固まっていた。

唐木田は薄く笑った。

畑山たちの足許には、リモコンで爆破させられるプラスチック爆弾が七つも埋まっていた。夜明け前に、浅沼と岩上が密かに埋めたのだ。

「どいつもくたばっちまえ！」

唐木田は落葉松《からまつ》の大木に凭《もた》れながら、手許の起爆スイッチを押した。

七つの爆発音が重なり、人間やバーベキュー・グリルが次々に噴き飛ばされた。爆煙が厚く立ちこめ、馬場の馬たちが狂気に駆られたように走りはじめた。

唐木田は落葉松の林をゆっくりと抜け、レクサスに乗り込んだ。

車を数キロ走らせたとき、麻実から連絡が入った。

「たったいま、ドイツの大手製薬会社からヒトゲノム解析データを日本円で七百億円で買いたいってメールが入ったの」

「そいつは上出来だ。こっちも狂信者どもを地獄に墜《お》としてやったよ」

「それじゃ、今夜は『ヘミングウェイ』で祝杯をあげなくちゃね。あとで、ガンさんとドクに連絡するわ」

「ああ、頼む」

「宮脇智絵さんには、どう説明するの？　影山さんの取材メモと写真のデータを預かったのよね？」

「匿名で大手新聞社に取材メモやデータを送るつもりなんだ。もちろん、一連の事件の流れを綴《つづ》った添え文を同封してな」

「それは名案だわ。影山さんが命と引き換えにスクープした事件だものね。だけど、智絵さんだけじゃなく、警察やマスコミも畑山たちを誰が爆死させたか、調べはじめるでしょう？　ちょっと心配だわ」

「何も証拠は残してないいんだ。びくつくことはないさ」

「そうね」

「今夜は四人で飲み明かそう」

「それだけ？」

「野暮なことを言うなって。麻実らしくないぜ」

唐木田は携帯電話を懐に戻し、アクセルを深く踏み込んだ。気分は爽快《そうかい》だった。

夏空は高く、ちぎれ雲一つ浮かんでいなかった。

本書は二〇〇〇年六月に徳間書店より刊行された『闇裁きシリーズ1 悪辣』を改題し、大幅に加筆・修正しました。

なお本作品はフィクションであり、実在の個人・団体などとは一切関係がありません。

文芸社文庫

私刑執行人

二〇一三年八月十五日　初版第一刷発行

著　者　南英男
発行者　瓜谷綱延
発行所　株式会社　文芸社
〒一六〇-〇〇二二
東京都新宿区新宿一-一〇-一
電話　〇三-五三六九-三〇六〇（編集）
〇三-五三六九-二二九九（販売）

印刷所　図書印刷株式会社
装幀者　三村淳

©Hideo Minami 2013 Printed in Japan
乱丁本・落丁本はお手数ですが小社販売部宛にお送りください。
送料小社負担にてお取り替えいたします。
ISBN978-4-286-14206-7

[文芸社文庫　既刊本]

蒼龍の星㊤　若き清盛
篠　綾子
三代と名づけられた平忠盛の子、後の清盛の出生の秘密と親子三代にわたる愛憎劇。やがて「北天の王」となる清盛の波瀾の十代を描く本格歴史浪漫。

蒼龍の星㊥　清盛の野望
篠　綾子
権謀術数渦巻く貴族社会で、平清盛は権力者への道を。鳥羽院をついで即位した後白河は崇徳上皇と対立。清盛は後白河側につき武士の第一人者に。

蒼龍の星㊦　覇王清盛
篠　綾子
平氏新王朝樹立を夢見た清盛だったが後白河との仲が決裂、東国では源頼朝が挙兵する。まったく新しい清盛像を描いた「蒼龍の星」三部作、完結。

全力で、1ミリ進もう。
中谷彰宏
「勇気がわいてくる70のコトバ」――過去から積み上げた「今」を生きるより、未来から逆算した「今」を生きよう。みるみる活力がでる中谷式発想術。

贅沢なキスをしよう。
中谷彰宏
「快感で生まれ変われる」具体例。節約型のエッチではなく、幸福な人と、エッチしよう。心を開くだけで、感じるような、ヒントが満載の必携書。